Péter Nádas

Freiheitsübungen und andere Kleine Prosa

Aus dem Ungarischen von Ruth Futaky,
Zsuzsanna Gahse, Laszlo Kornitzer
und Ilma Rakusa

Berlin Verlag

Vom Autor vorgenommene Auswahl aus der 2000 unter dem Titel *Talált cetli* erschienenen Originalausgabe
Redaktion Ingrid Krüger
Ruth Futaky übersetzte »Von Blatt zu Blatt«, »Ein Lügner, ein Betrüger«, »Pompeji«, »Seufzerbrücke«, »Notate«, »News«, »Traumwirtschaft« und »Von Mensch zu Mensch«; Zsuzsanna Gahse »Großes weihnachtliches Morden«; Laszlo Kornitzer »Die andere Variante« und Ilma Rakusa »Freiheitsübungen«.

Inhalt

Von Blatt zu Blatt

BLATT 1

Wenige sind es, die ein Blatt wahrnehmen. Manche sogar den Wald vor Bäumen nicht. Aber was würden wir von der Liebe eines Menschen halten, der nicht schon hundert und tausend Mal die Brauen der Geliebten betrachtet hätte oder jene blaue Ader, die sich vom Spann, dem scharf abfallenden Knochenkamm folgend, zu den Zehen verzweigt? Wer allerdings, von seiner Leidenschaft getrieben, überhaupt nichts anderes mehr beachtet, und wem es höllische Qualen bereitet, wenn er den Blick abwenden muß, weil er sich auch dann, hinaus aus dieser rohen Schattenwelt, nur noch zu erinnern, das Geschaute heraufzubeschwören sucht, der wird, wenn auch nichts anderes, auch nicht und niemals die Geliebte, so doch zumindest den Charakter der Achtsamkeit kennenlernen.

Vielleicht braucht es einen schwülen Sommernachmittag, damit wir das eine Blatt zwischen den anderen gewahren. Wenn der Himmel von schweren Wolken bedeckt ist, die Luft unter dem Druck reglos wird. Nicht einmal die Vögel geben noch einen Laut, und niemand weiß, ob ein Gewitter ausbricht oder ob unmerklich vorüberzieht, woraus es hervorgehen könnte. Die Hitze ist unausstehlich, der Druck unerträglich. Wenn sich ein Lebewesen aber solch überspitzten und definitiven Gedanken überläßt, dann hofft es, daß Donnerschlag und Erdrutsch kämen, es selbst freilich noch mit heiler Haut entkommt. Möge der Blitz einschlagen, der Sturm das Dach über seinem Nest hinwegwirbeln, Hagel die kostbare Ernte zu Boden schlagen, das Hochwasser Brücke, Hafen und Stadt mitreißen; das sehnt es herbei. Die Hoffnung muß mit der Angst Hand in Hand gehen, und auch die Angst kann nicht anders, sie faßt die Hoffnung bei der Hand. Doch noch gibt es keinerlei Bewegung. Was bedeutet, daß das, was jetzt noch nicht ist, irgendwo in Überfülle da sein muß, und wenn es da sein wird, dann anderswo in der gleichen Fülle all das in Bereitschaft stehen muß, ohne das, was im nächsten Augenblick kommen muß, jetzt noch nicht ist und nicht sein kann. Zu solcher Stunde legen die Hunde ihren Kopf kleinmütig zwischen die Vorderpfoten, und auch die klugen Augen der Eidechsen sind nicht mehr zu sehen.

Nur dann, nie sonst wird man gewahr, wie sich an der Spitze eines Zweiges, in der Tiefe des Gartens, etwas in Bewegung setzt. Es ist nicht das ewige Vibrieren der Blätter, alle übrigen sind regungslos. Ein einziges Blättchen wiegt sich, rotiert. Man weiß nicht, ob diese Bewegung einen Anfang hatte, ihr Gewahrwerden bestimmt. Zu warten, bis es zur Ruhe kommt, wäre töricht, es bleibt nur, sich abzuwenden. Nicht wie beim Tautropfen, der dich wie ein Brillantauge aus dem Grün anfunkelt, verschwindet, wieder aufglänzt; vielleicht ist er am Halm herabgerollt und nicht mehr zu sehen: der trockene Boden mag ihn aufgesogen haben. Wenn kein Windhauch da ist, auch nicht eine einzige Luftbewegung, dann können die Zweige nicht schwingen und schaukeln, dann kann sich auch ein Blatt nicht am Stengel drehen. Der Blattkörper ist von so geringer Schwere, daß er in der Schwere der Luft hängenbleibt.

Das Blatt gehört zum Zweig, der Zweig zum Baum, und jeder Baum hat ein verborgenes Muster unter der Erde. Das Muster des Blattes ist natürlich nicht mehr als auf Feuchtigkeit und Salze reagierende, transparente, in gewisser Weise verfärbte Faser. Die Musterung setzt oben am Stengel an und zieht sich wulstig über den Rücken oder die Rückseite des Blattes, verzweigt sich, und auch die Verzweigungen verzweigen sich weiter. Die unterirdischen Verzweigungen können die oberirdischen Muster vielleicht spüren, aber niemals sehen. Obgleich das Wachstum der einen das der anderen ist, sie schwellen gemeinsam, siechen und sterben gemeinsam. Auch das Gewicht des Blattes wird nicht unter der Erde bestimmt, sondern durch den winzigen Gewichtsunterschied, der es von der Luft scheidet. Wenn kein Licht da ist, sind auch die Gewichtsunterschiede nicht zu erkennen. Es hat viele Voraussetzungen, daß sich ein Blatt vor meinen Augen so sensibel und lustvoll drehen kann.

Es gibt unruhig veranlagte, es gibt experimentierfreudige Menschen. Die machen sich in einem solchen Fall auf, um das in der Tiefe des Gartens pendelnde Blättchen von nahem in Augenschein zu nehmen. Durch ihr Näherkommen setzen sie natürlich die Luft in Bewegung, erzeugen kleine Wirbel. Sie müssen wissen, daß es keinen Versuch gibt, der nicht mit Bewegung einherginge, und keine Bewegung, die nicht weitere Bewegungen in Gang setzte. Also müssen sie zu einer List greifen und sich bewegungslos stellen, während das Auge rotiert. Und das einzelne Blatt an seinem Stengel. Die übrigen halten so still wie der, der Bewegungslosigkeit vortäuscht; bereit wofür auch immer.

Ich mag alle Gesetzmäßigkeiten aller Bewegungen kennen, doch wenn unter den Dingen eines ist, das offensichtlich nach anderen Gesetzmäßigkeiten funktioniert, komme ich zwangsläufig zu der Annahme, daß dazu ein Gesetz gehört, das ich noch nicht kenne. Gibt es aber ein solches Gesetz, dann kenne ich auch die anderen nicht richtig. Und obwohl ich weiß, daß ich, um das herauszukriegen, mich beispielsweise nicht bewegen dürfte, habe ich mich schon bewegt, noch ehe ich mich vom Platz gerührt hätte. Auch ein Gedanke kann nicht untätig herumsitzen. Der unruhig veranlagte oder experimentierfreudige Mensch streckt in dem Moment vorsichtig seine Hand zu dem Blatt aus.

Er bewegt sich nach Maßgabe seiner aus Bewegungen gewonnenen Erfahrungen, obwohl er sich gerade nach ihrer Maßgabe nicht bewegen dürfte, weder vorsichtig noch unvorsichtig. Auch Gedanken können sich nicht bewegen, ohne von Gedanken bewegt zu werden. Da muß, sagt er sich, eine Luftbewegung sein, die aus dem ganzen Weltall ausschließlich dieses eine Blatt anspricht. Und es könnte auch ebenso sein, daß nicht der Luftzug das Blatt, sondern das Blatt ihn anspricht. Es könnte aber auch sein, daß unter der Erde ein Maulwurf wühlt und gerade an das sensible Muster des Blattes gerührt hat. Denn die auf jeden Fall unvorsichtige Hand spürt nichts von einer Luftbewegung, die dazu bestimmt sein könnte, dieses einzige Blättchen zu bewegen. Und das Blatt pendelt dennoch, nickt, bewegt sich, als sei nichts geschehen. Wäre unser Mann nicht so unruhig veranlagt oder so experimentierfreudig, würde er nicht unentwegt nach Gründen suchen, um sich von seinem Platz zu rühren, sondern die Sache an sich betrachten, und dann würde ihm sicher bewußt, noch nie in seinem Leben, wohl aber jetzt, dieses eine Mal, einem Blatt begegnet zu sein.

Er müßte auch nicht jubeln und schreien, jetzt endlich den Faden gefunden zu haben, der aus dem Gesetzesknäuel hervorlugt und also das Gesetz sein müßte; er müßte nichts als schauen, so wie der Liebende, der nicht weiß, warum und wie lange er schon schaut, doch für den es die höchste Qual wäre, wenn er etwas anderes als die Geliebte betrachten müßte. Die wenigen, die ein Blatt wahrnehmen, können in ihm das Betrachtenswerteste sehen. Diejenigen aber, die niemals ihr Augenmerk darauf richten, schauen fürwahr umsonst, sie sehen auch das Blatt nicht. Genausowenig wie die, die nicht aufmerksam schauen, um das Blatt zu sehen, sondern begierig auf ihre eigene Wahrnehmungsfähigkeit sind.

(1989)

BLATT 2

Zu meinen, der Untergang könne nur von einem Augenblick auf den anderen eintreten, unerwartet und plötzlich wie Blitz oder Donnerschlag, ist fürwahr nichts als gefällige Selbstbeschwichtigung. Als wäre nicht alles Belebte und Unbelebte vom Augenblick seiner Geburt oder seiner Verwandlung an Objekt des Untergangs und Verfallsgeschichte. Daß ich Stein bin, ist nur eine Benennung meiner Erscheinungsform in einer Welt, in der auch andere Erscheinungsformen Namen erhalten haben. Und daß ich dann durch Wind und Wasser zunächst zerbröckele und dann zu Sand werde, ändert nichts daran, daß ich meinem Wesen nach Erscheinungsform war und bin.

Es gab ein kleines Dorf, das hieß Salomfa, solange es da war. Heute ist es in einem Zustand, daß es weder auf Schildern noch Karten angezeigt werden muß; was jedoch nur nach allgemeinem Begriff Nichtvorhandensein bedeutet. Denn es gibt kahle Mauern, es gibt Schutthaufen an den Stellen, wo Häuser standen, es gibt Apfelbäume, die unverändert ihre Früchte unter sich ausbreiten, es gibt zerfallene Brunnenkränze und darin das Glitzern stehenden Wassers, es gibt Weinreben, und sie ranken sich Jahr für Jahr an den Büschen weiter, es gibt Zaunpfähle, es gibt einen Glockenstuhl, von dessen Dach der Wind die meisten Schindeln schon heruntergerissen hat, es gibt eine schwere Glocke, und sogar das Glockenseil mit dem geknoteten Ende ist noch da. Es läßt sich gar nicht aufzählen, was alles noch da ist.

Andererseits gibt es das Dorf auch laut seiner Verfallsgeschichte, und darüber gibt es, wenn auch verstreut, schriftliche Dokumente. Zum ersten Mal wurde es während der Türkenherrschaft zerstört, aber irgendetwas, vielleicht nur die Stätte, muß davon übriggeblieben sein, daß es zu neuem Leben erwachen und später von der Pest verwüstet werden konnte. In seinem heutigen Zustand aber muß es noch in der lebendigen Erinnerung derer existieren, die es nicht vergessen können, weil sie dort geboren sind. Diese blasse Existenz kann allerdings nur so lange anhalten, als diese Menschen, wenigstens andernorts, noch am Leben sind. Weder Dokumente noch Erinnerungen aber können uns sagen, ob das Dorf noch ein andersartiges Leben haben wird, als es bisher gehabt hat.

Zum Beispiel erzählt man sich, daß es dort vor der letzten Verwandlung immer berühmte Bälle gab. Diese Bälle wurden in einer großen Scheune veranstaltet, und wenn sich die Nachricht von einem solchen Ball im Umkreis verbreitete, kamen die Menschen auf unwegsamen Wegen von weither zu Fuß herbei. Außerdem erzählt man sich, der gestampfte Boden der Scheune sei stark abschüssig gewesen und die Tänzer hätten deshalb zuerst abwärts und dann aufwärts tanzen müssen. Vielleicht war der Tanzplatz wegen dieser ungewöhnlichen, der menschlichen Natur durchaus entgegenkommenden Gegebenheit so beliebt. Denn wenn ich mich selbst der Erdanziehung anvertrauen und ihr meine Partnerin überlassen kann, ist das eine feine Sache. Und nicht minder, wenn ich mich mit meiner Partnerin zusammen dieser Anziehungskraft widersetzen muß.

Nicht nur von der denkwürdigen Scheune gibt es keine Spur mehr, inzwischen sind auch jene unwegsam genannten Wege unauffindbar, die zu ihr hingeführt haben. Denn Wege haben kein besseres Schicksal. Diese Fährten, Fußpfade und Hotterwege bildeten sinnreiche Muster in der Landschaft. Vielleicht sehen Vögel ihre Spuren noch aus großer Höhe. Sie durchschnitten die Wälder und Wiesen nach der Art, wie die sie benutzenden Menschen aufgrund lose miteinander getroffener Vereinbarungen, sich den Gegebenheiten des Geländes und des Bodens anpassend, für sich und andere, heute und morgen, ihre Lebensbedingungen geschaffen haben. Für den, der Pfade benutzt, ist es einfach, den Boden unter seinen Füßen kennenzulernen, und doch besitzt er ein reiches Wissen. Wer Gräser, Büsche, Bäume und die darin heimischen Lebewesen kennt und aus der Kenntnis dieser Zusammenhänge folgert, wie er jetzt und künftig das eigene Dasein unter ihnen sichern kann, der muß von einem Ganzen wissen, an dem er gerade durch seine eigene Hinfälligkeit teilhat, er muß also um die Unzerstörbarkeit des Ganzen wissen; was wahrhaft kein gefälliges und sich selbst beschwichtigendes Wissen ist.

Eine Sache ist es, Einzelheiten in einem Ganzen zu beobachten, eine andere, aus der Beobachtung von Einzelheiten auf Zusammenhänge zu schließen, zu denen es noch kein gesuchtes Ganzes gibt.

Die Hohlwege haben sich dadurch vertieft, daß an den Stellen, wo kein Wasser abfließt, jahraus jahrein von den Rädern Schlamm weggedrückt wurde. Und das Wasser fließt dort nicht ab, wo der Weg am tiefsten verläuft. Erfahrung, in Erfahrungen eingedrückt, zieht eine Furche, die eine Summe von Erfahrungen darstellt, aber unter ihnen nicht einzig sein kann. Auch auf den Wegen kann es nicht anders zugehen als im menschlichen Hirn.

Von den einstigen Fuhrwegen, Fährten und Pfaden zeugen heute nur noch ein paar bruchstückhafte Abschnitte an den am tiefsten gelegenen Stellen, wo sich selbst die zum Pflügen, Säen, Ernten und Giftsprühen eingesetzten gelben Kraftmaschinen mit ihren riesigen gezahnten Gummireifen nicht sicher fortbewegen können. Von weitem sehen diese Stellen wie verwahrloste Wäldchen aus, unten aber scheiden sich klar die Böschungszonen des einstigen Weges im ewig feuchten Dunst; Akazien, Haselnuß, Weißdorn und Holunder gedeihen hier, auf sonnenbeschienenen Flecken Brennesseln. Der zwischen ihnen stapfende Fuß kann leicht in der letzten Wagenspur umknicken. Jemandem, der an solchen Orten verweilt, könnte es im übrigen scheinen, als würde sein Denken blockiert. Schwer läßt sich der Wagen vorstellen, der hier als letzter durchfuhr, und auch der auf dem Bock saß, konnte nicht wissen, daß er der letzte war. Wiewohl es einen solchen gab, es einen solchen letzten Wagen und Menschen gegeben haben muß. Und es wäre sicher gut, man könnte es sich so vorstellen, daß, nachdem er ans Ziel gekommen war, die Fügung oder die Vorsehung ihm und allen anderen das Wegenutzungsrecht entzogen hat. Denn dann könnten wir uns auch den Untergang einfach wie Blitz oder Donnerschlag vorstellen.

Der Mensch, der im Sattel der auf Riesenrädern rollenden gelben Maschine sitzt, ist in diesem Glauben befangen, mit ihm prescht er blind voran. Er braucht weder über Gräser noch Büsche noch die darin heimischen Lebewesen etwas zu wissen, sondern nur soviel über seine Maschine, wie er zuvor über jene hätte wissen müssen. Doch damit er seine Maschine störungsfrei einsetzen kann, muß der Boden eben sein, müssen die Pflanzen gleichmäßig in die Höhe wachsen und darf keinerlei nutzloses Lebewesen das Wachstum stören. Und wie kann jemand die Ordnung der Dinge in sich selbst wahrnehmen, wenn er sie nicht im anderen wahrnimmt. Im Grunde sieht ein solcher Mensch überhaupt nichts, obgleich er noch Augen besitzt. Er wird höchstens über die Leistung seiner Maschine und die Nutzbarmachung des daraus entstehenden Gewinns nachsinnen. Selbst das Geräusch des Windes sagt ihm nichts, denn sein von Gedröhn erfülltes Ohr vernimmt nichts von dem, was darin enthalten ist.

(1989)

BLATT 3

Hunderttausende ziehen lärmend durch die abendlichen Straßen. Der eine Redner sagt, was du denkst, der andere das, was ich denke. Andere Hunderttausende ziehen stumm über die geöffneten Landesgrenzen. Alle müssen auf einmal ganz verschiedene Dinge tun und über dasselbe reden. In dem allgemeinen Stimmengewirr scheint es eine stark harmonisierende, gemeinsame Stimme zu geben. Doch zwar können sie reden, kannst du reden, die erste Person Plural kommt hingegen zu keiner in Worte faßbaren Rede. Denn in diesem berühmten Herbst, da die Ideen der persönlichen und der nationalen Selbstbestimmung auf so bewegende wie begeisternde Weise als gemeinsame Stimme aus dem Stimmengewirr hervorgehen, stehen die kahlen Bäume ohne Worte da, und auch die Tiere haben diese Sprache nicht zu verstehen gelernt.

Sie haben keine gewählten Sprecher, und sie werden auch keine haben. Die Techniken demokratischer Meinungsbildung sind im Dialog mit ihnen nicht anwendbar. Obwohl eine Veränderung unserer gemeinsamen Lebensbedingungen nicht länger aufschiebbar ist. Und inzwischen auch auf der Hand liegt, daß ohne sie nicht länger sinnvoll in der ersten Person Plural geredet werden kann. Wer wir sagt und damit nur den geliebten Menschen, eine Interessengruppe, eine Partei, eine Klasse, ein Volk oder gar eine ganze Nation meint und in seinen rhetorischen Plural nicht die andersgeartete Sprache von Wasser, Boden, Bäumen, Lebewesen aller Art, um nicht zu sagen, der Luft einbezieht, dessen Rede ist nicht nur hoffnungslos dumm, sondern zerstörerisch. Er weckt falsche Hoffnungen, wenn er davon ausgeht, daß noch irgendwer oder irgendwas aus der ersten Person Plural auszuschließen sei. Selbstbestimmung ist eine schöne und begeisternde Idee, und man kann lange darüber streiten, ob die persönliche oder die nationale Selbstbestimmung vorrangig ist, doch es gibt keine Person und keine Nation, die diese auf sie selbst bezogene und nach den Regeln der Sprache seit jeher nur auf sie selbst bezogene Idee nicht vom Standpunkt der Selbstbestimmung der Natur überdenken müßte, um nicht die eigenen Existenzbedingungen zu zerstören.

Der Frage, wie ich die Bedingungen meiner Existenz vom Standpunkt der Selbstbestimmung der Natur überdenken kann, haben sich bis jetzt meistens nur die Lyriker gewidmet. Wir brauchten wohl noch viele Jahre, um zu verstehen, warum der Poet Dezső Tandori seine Sperlinge füttert, quält, pflegt, rettet und betrauert, und so viele Jahre werden wir wahrscheinlich nicht haben. Er projiziert sich jedenfalls nicht in sie hinein, er erblickt nicht sich in ihnen, sondern sie in sich. Oder Fernando Pessoa, der die Bäume nicht deswegen liebt, weil sie grün sind, und auch nicht, weil sie Schatten spenden, sondern weil es Bäume sind, was immer er selber denkt. Und wer so über Sperlinge oder Bäume denkt, denkt auf jeden Fall anders als der Jäger, der Förster, der Zimmermann oder der Tischler darüber und erklärt dem alles durchsetzenden Prinzip der Nützlichkeit und Nutzbarmachung nicht nur ihnen gegenüber den Krieg, sondern haut darüber hinaus uns allen unsere auf naturfeindliche Prinzipien gegründete Ästhetik um die Ohren. In einer Welt, in der die Menschen das ihnen Nützliche mit dem Guten gleichsetzen, hält man die Dinge je nach Nützlichkeit oder Nutzlosigkeit für schön beziehungsweise häßlich, und diese Urteile können an die wahre Natur der Dinge nicht einmal rühren. Wenn die Lyrikerin Ágnes Nemes Nagy von der Möglichkeit menschlichen Wissens spricht, an die wahre Natur der Dinge zu rühren, pocht ihre strenge Stimme wie der Fingerknöchel des Lehrers auf dem hohlen Pult. »Wir müssen sie studieren.« Wen? »Die winterlichen Bäume.« Ein Selbstappell in Aussageform. »Wie sie von oben bis unten bereift sind.« Wer »das unsagbare Tun der Bäume« hier nicht lernend begreifen kann, dessen Verstand endet dort, wo der letzte Punkt gepocht wird.

Im allgemeinen Stimmengewirr dieses Herbstes ist das Pochen kaum zu vernehmen. Und wie wenig ließe sich ein solcher Selbstappell für alle die erklären, die ihren blutspuckenden kleinen Trabant nun endlich gegen einen Mazda eintauschen wollen, und nicht minder brächte er diejenigen auf, die sich noch geradere, noch vielspurigere, noch endlosere Straßen unter ihren Mazda wünschen. Das ist allenfalls grünes Geschwätz, Dichtergeraune. Na gut, schützen wir die Robbe, den Lotus, den Taschenkrebs und die Borstenhirse vor mir. Soweit reicht der Menschenverstand in den organisierten und nicht organisierten Massengesellschaften. Setzt doch den Umweltminister ab, sollen doch Staat und Regierung in Ordnung bringen, was ich zerstört habe und noch zerstören werde. So lautet der Selbstappell im Unisono der organisierten wie nicht organisierten Massengesellschaften.

In der Art, wie der Begriff Umweltschutz allgemein verwendet wird, müßte er eigentlich zum Gegenstand allgemeinen Gespötts werden. So als gebe es mich und außerhalb von mir eine andersgeartete Umwelt, die gleichzeitig von anderen vor mir und den Auswirkungen meiner Handlungen geschützt werden müsse. Aber wie könnte irgendjemand etwas, das ich von mir abhängig weiß, vor den Auswirkungen meines Handelns schützen, wenn mir zugleich bewußt ist, daß ich einzig und allein durch ebendieses Handeln meine Existenz in dieser Umgebung sichern kann? Vielleicht sollte ich so handeln, daß ich die anderen Wesen und Dinge in meiner Umwelt nicht um ihre Existenzbedingungen bringe und dadurch auch mir selbst nicht meine eigenen Existenzbedingungen nehme. Wenn meine eigene Existenz jedoch an die Existenz der anderen Wesen und Dinge meiner Umwelt gebunden ist, bin dann nicht vielmehr ich auf sie angewiesen, und ist das Abhängigkeitsverhältnis also nicht gerade umgekehrt? Wenn es Sache der Robbe, des Lotus, des Taschenkrebses und der Borstenhirse wäre, sich selbst zu schützen, käme es ihnen dann in den Sinn käme, ihre Umwelt zu schützen? Und an was sonst als die eigene Natur könnten sie sich bei ihrem Selbstschutz halten? Wenn dagegen Robben und Menschen nicht getrennter Natur sind, wenn die Möglichkeiten der menschlichen Selbstbestimmung genau da enden, wo auch die Selbstschutzmöglichkeiten aller anderen Lebewesen enden, wo bleibt dann die vielbeschworene Überlegenheit des menschlichen Geistes? Und wenn es sie nirgends gibt, auf welche neuere Techniken ist dann Verlaß?

Auch Hans Jonas, der Moralphilosoph, dessen von grüblerischem und zärtlichem Verantwortungsgefühl zerfurchtes Gesicht dem vom Alter geadelten Greisenantlitz eines Tieres ähnlich geworden war, rechnete nicht damit, daß Weisheit, wissenschaftliche Voraussicht, technische Findigkeit oder politischer Verstand noch irgendetwas ausrichten könnten. Die Naturforscher erklären und mutmaßen, während die Techniker und Politiker weiter auf dem trüben Strom sakrosankter Bedürfnisse und falscher Zivilisationsvorstellungen schwimmen. Mittlerweile, so Jonas, produziert die Natur kleine Katastrophen und gibt regelmäßig Warnsignale ab. Angesichts all dessen hofft Jonas allein darauf, daß die allen Lebewesen ureigene Angst vielleicht in uns Wurzeln schlagen, das zerstörerische Überlegenheitsgefühl umschlingen und ersticken wird. Er hofft auf unsere Sinne, auf alles, was noch nicht ganz und gar von unserer Geist oder Verstand genannten Unwissenheit und Dummheit angefressen ist. Denn er vertraut darauf, daß die durch die kleinen Katastrophen geweckte kreatürliche Angst zu einer Einsicht führen kann, die uns vor größeren Katastrophen bewahrt. Hinsichtlich des Selbstschutzvermögens der menschlichen Gesellschaften sind seine Erwartungen nicht zuversichtlicher, da es, wie er sagt, in einer Gesellschaft, die als demokratisch und liberal bezeichnet wird, dem freien Unternehmertum und dem freien Markt exzeptionelle Schwierigkeiten bereitet, sich irgendeine Art von Stillstand vorzustellen. Wir dürfen hinzufügen, daß jenen Gesellschaften, die sich, mit jahrzehntelang unterdrückten und kaum kontrollierten Energien aufgeladen, in ebendiesem Herbst endlich auf den Weg ins lange ersehnte Paradies aufgemacht haben, eine derartige Vorstellung noch schwerer fällt.

(1989)

BLATT 4

Mehr und mehr haben wir es mit Zeitungsnachrichten, Agenturmeldungen und Fernsehberichten zu tun, und die Meinungsbildungstechniken dieser Medien machen uns einigermaßen gleichgültig gegenüber der fundamentalen Frage, *wer* das sagt, was wir da hören und lesen. Als ergäbe sich die Authentizität des Gesagten nicht durch die sprechende Person, sondern durch die Kommunikationstechnik. Die Schwierigkeiten der öffentlichen Meinungsbildung beschränken sich natürlich nicht auf diese Gattungen, das Problem ist weit verbreitet und sehr alt. Um festzustellen, wie zuverlässig, sagen wir, eine Biographie ist, benötigten wir mitunter die Biographie des Biographen. In dem Fall stünden wir freilich wieder nur vor der Frage, wer die Biographie des Biographen verfaßt hat, und so fort. Denn wer über die Stammkneipe hinauskommt und das Auf-den-Tisch-Hauen nicht für die allein seligmachende Argumentationsform hält, der muß sich den grundlegendsten Problemen der öffentlichen Meinungsbildung selbst dann stellen, wenn sie letztlich unlösbar sind. Und auf diese letztlich unlösbaren Probleme reagiert ein Mitglied der organisierten Massengesellschaften natürlich anders als ein Mitglied der nicht organisierten Massengesellschaften.

In organisierten Massengesellschaften (die unsrige ist noch keine solche) bilden sich Kontrollsysteme für die öffentliche Meinungsbildung. Das sind Gremien, die mit der Möglichkeit ausgestattet sind, den Methoden der nicht persönlichen Meinungsbildung laufend auf gesetzlich geregelte Weise nachzuspüren, wobei die Personen, aus denen sie bestehen, namhaft zu machen und öffentlich verantwortlich sind. Oder es sind andere für die nicht persönliche Meinungsbildung geeignete Einrichtungen, die sich mit der Übermittlung von Meinungen bestimmter Personen befassen und in denen die Mitarbeiter wechselseitig anhand von Nachweisen die Authentizität ihrer Meinungsbildung kontrollieren. Der Anspruch auf Rechtmäßigkeit und Nachweislichkeit durchdringt in diesen organisierten Massengesellschaften in gewissem Maß sogar die Kneipenatmosphäre. Ich darf nur auf den Tisch hauen, wenn ich die anderen Zuhörer damit nicht verletze, und ich kann mit Nachweisen die Rechtmäßigkeit meines Gebrülls vor jedem Gericht verteidigen. Der Mensch der organisierten Massengesellschaft wird in Sachen Meinungsbildung äußerst vorsichtig, aber selbst diese hochdifferenzierten Systeme sind nicht in der Lage, die fundamentalen Fragen menschlicher Kommunikation zu beantworten. Und diese Fragen lauten: Wer spricht? Wie redet er? Warum sagt er dies und warum so? Welches Interesse hat er, dies so zu sagen und nicht etwas anderes, auf andere Weise?

Diese Fragen muß jeder beantworten, sobald er vor der Öffentlichkeit spricht. Wenn wir nicht wissen, wer der ist, der spricht, können wir nicht wissen, was er sagt.

Wenn wir mit Zeitungsnachrichten, Agenturmeldungen oder Fernsehsendungen zu tun haben, suchen wir anderswo in Anhalt, als wenn wir am Kneipentisch sitzen, eine Novelle lesen oder eben eine Biographie. Beim Lesen einer gut geschriebenen Biographie zum Beispiel ersteht in uns, quasi unabhängig von den Intentionen des Autors, ein die Richtung vorgebendes Psychogramm des Autors, und insofern hangelt sich die von einem beliebigen Menschen berichtende Biographie gleichsam an dieser Kette elementarer Fragen entlang. Der Autor sagt über sich selbst fast so viel aus wie über die Person, von der er spricht. Oder er beantwortet diese Fragen auf seine Weise, und dann sehen wir zwei Menschen im Dialog. Die Authentizität der Lebensgeschichte des einen oder die sich daran knüpfenden Zweifel sind von der lebendig atmenden Seele des anderen vorgezeichnet. Als ob sich beide in der Winterkälte gegenüberstünden und miteinander redeten und der Atemdunst des einen sich mit dem des anderen vermengte oder darin aufginge.

Vor einigen Monaten bereitete ich einen Aufsatz über Yukio Mishima vor. Von seinen sechsunddreißig Büchern kannte ich sieben Romane, zahlreiche Novellen und einige Aufsätze, und aufgrund dieser Arbeiten war in mir ein Bild von ihm entstanden, das zu überprüfen und durch die Vorstellungen anderer zu ergänzen ich als notwendig empfand. Unter anderem las ich die Arbeit von Henry Scott Stokes, eine äußerst anspruchsvolle Biographie, die sich hinsichtlich der gerade erwähnten Fragen als eigentümlicher Grenzfall erwies. Stokes ist nämlich kein Wissenschaftler, sondern ein Journalist, der mit Mishima in persönlichem Kontakt stand. Sein Stil, der in diesem Fall auch die ganze menschliche Haltung kennzeichnet, ist auf das Kommunikationsprinzip der organisierten Massengesellschaften ausgerichtet, beziehungsweise neigt der Autor seiner Haltung nach offensichtlich dazu, seinen Stil auf etwas auszurichten. Stokes spricht so, als würde ihn das, was ihn persönlich interessiert, persönlich nicht berühren. Dem Genre entsprechend muß er allerdings interessant sein und kann seine Person deshalb nicht völlig aus seiner Darstellungsweise ausklammern, nach den gleichen Genreregeln darf sein Interesse jedoch nicht an persönliche Interessen geknüpft sein, sondern muß im Sinne des öffentlichen Interesses in allen Teilen belegbar bleiben. Was natürlich das Gegenteil von Modus und damit auch Stil der persönlichen Meinungsbildung bedeutet.

Wenn Martin Luther sagt, hier stehe ich, ich kann nicht anders, dann haben wir keine weiteren Fragen, denn wir wissen, wer er ist. Das Verhältnis von Wort und Tat verleiht seiner Person Authentizität. Die am allgemeinen oder Gruppeninteresse ausgerichtete Meinung dagegen weist immer nur durch die involvierten Erwägungen auf die Person des Meinungsbildners hin und ist deshalb auf eine umfangreiche, letztlich niemals befriedigende Dokumentation angewiesen. Die unpersönliche Meinungsbildung ersetzt das Fehlen persönlicher Authentizität durch im Sinn der Erwägungen gesammelte Belege und ist psychisch sozusagen nicht greifbar. Und eben deshalb habe ich vorhin betont, daß Stokes' Buch ein eigentümlicher Grenzfall ist. Einerseits denkt er nicht daran, das elementare Interesse zu verbergen, das ihn mit Mishima verband, und in diesem Sinn ist sein Interesse ein persönliches, andererseits gestattet er sich als braver Gefolgsmann der angelsächsischen Schule vorsichtiger Meinungsbildung ausschließlich im Netz des allgemeinen Interesses einfangbare und faktisch belegbare Meinungen und hält so ständig jene Gefühle unter Verdeck, die ihn eigentlich zur Offenheit drängten. Vielleicht ist es nicht ganz überflüssig, auf die Möglichkeit einer solchen Methode der Meinungsbildung hinzuweisen, solange die Schreiberlinge und Redner unter unseren weniger organisierten Verhältnissen bei der Meinungsbildung noch eher zur Stammtischmethode neigen.

Gebrüll ist keine unerläßliche Bedingung, um dramatische Beziehungen auszudrücken. In dieser auf jeden Fall bemerkenswerten Biographie beispielsweise kommen diese zwei Menschen in eine wirklich dramatische Beziehung, der Lebende und der Tote, der Verborgene und der nicht Verborgene. Aus allerpersönlichstem Interesse attackiert Stokes fortwährend Mishimas' menschliche Verschlossenheit und Reserviertheit und macht sie zum Gegenstand seiner kritischen Analysen und Überlegungen, womit er dem allgemeinen Interesse entgegenkommt, denn interessant kann er nur sein, wenn es ihm gelingt, dieser Verschlossenheit und Reserviertheit auf die Spur zu kommen. Je feiner er seine Mittel wählt, um so größer sind seine Chancen. Die Feinheit der Mittel charakterisiert ihn in erster Linie selbst, wenn er sich nicht nur bezüglich seiner eigenen Person, sondern auch der des anderen in der Deckung der vorsichtigen Meinungsbildung hält, sich nicht zu unbelegbaren Mutmaßungen hinreißen läßt und die vom allgemeinen Geschmack und Interesse gesetzten Grenzen persönlicher Offenheit nicht überschreitet. Gelegentlich dünkt uns allerdings, daß er sie doch überschreitet. Dann ist es, als sagte er: Hier würde ich ansetzen, wenn ich mir selbst freie Hand ließe. Das aber erlaubt er sich nicht.

Das Endergebnis der dramatischen Begegnung ist absehbar. Stokes gibt seiner Leidenschaft nicht nach, er hält sich bis zum Schluß verdeckt. Indes ihm gegenüber ein seine menschliche Verschlossenheit und Reserviertheit zwar noch im Tod bewahrender Mensch steht, der freilich in seinen hinterlassenen Werken unbedeckt und offen ist. Nach dem Wertsystem menschlicher Kommunikation halten wir Unverdecktheit und Offenheit für wertvoller, das ist, wonach wir streben, selbst dann, wenn wir auch der Verschlossenheit und Verdecktheit, sofern sie nicht im Dienst der Lüge, sondern in dem der Wahrheit stehen, nicht ihren Wert absprechen können. Über die Frage von Wahrheit und Lüge hingegen ist nur zu entscheiden, wenn wir die erwähnten Grundfragen der Kommunikation unter Verzicht auf jede Schutz bietende Verschlossenheit beantwortet haben. Mehr ist nicht zu tun.

Albert Einstein hat dazu etwas Beherzigenswertes gesagt. Der Mensch, sagt er, erlebt in einer Art optischer Täuschung seines Bewußtseins sich selbst, sein Denken und Fühlen wie etwas, wovon alles andere abweicht. Und diese Täuschung ist ein Gefängnis, in dem sich unsere persönliche Begierde und Neigung auf einige uns nahestehende Personen beschränkt. Ich darf hinzusetzen, wer sich nicht aus seinem eigenen Gefängnis befreit hat, kann nicht zu anderen authentisch über andere sprechen. Ohne Selbstkenntnis sind wir allenfalls Gefängniswärter füreinander.

(1989)

BLATT 5

Beim Bau meines Hauses arbeitete ich mit einem gleichaltrigen Handwerker zusammen. Dieser Handwerker war mir sympathisch, und auch ich dürfte ihm nicht unsympathisch gewesen sein. Während der Arbeit unterhielten wir uns natürlich. Unser Diskurs verlief nach dem Prinzip der freien Assoziation. Er dachte an etwas, sprach es zwischen zwei zu verrichtenden Bewegungen quasi beiläufig aus, und ich machte es ebenso. Unsere Aufmerksamkeit war zwischen der Arbeit und den Gegenständen der davon unabhängig auftauchenden Gedanken geteilt. Solcherart Gespräche unterscheiden sich letztlich in nichts von einem regelrechten Arbeitslied. Die monotone körperliche Anstrengung sucht nach einer seelischen Ergänzung im Wort, und die Harmonie beider trägt auf jeden Fall dazu bei, das Gefühl friedlicher Gemeinsamkeit zwischen zwei Menschen zu festigen.

Die Basis friedlicher Gemeinsamkeit ist das Gleichgewicht. Das Gleichgewicht aber ist nichts, was sich ein für allemal finden läßt, man muß ständig danach suchen. Und in dieser Beziehung mußten wir alle beide suchen. In der fehlerlosen, glatten und möglichst kraftsparenden Ausführung der nötigen Arbeiten war er mir gegenüber im Vorteil, aber er wäre zweifellos ein dummer Mensch gewesen, wenn er es darauf angelegt hätte, mit seinem Sachverstand und seiner Versiertheit zu prahlen. Er war mir voraus, sein Vorsprung nicht einzuholen, er war der Meister und ich auch als Zuhelfer nur Gelegenheitsarbeiter. Er mußte nicht nur darauf bedacht sein, sein Wissen behutsam mit mir zu teilen, sondern er mußte statt meiner auch Arbeiten ausführen, die nach den ungeschriebenen Gesetzen seines Gewerbes nicht zu seinen Pflichten gehören. Ein wahrhaft kluger Mensch ist natürlich nicht aus Herzensgüte zuvorkommend, sondern weil es in seinem ganz persönlichen Interesse liegt, statt momentan vorteilhaft oder bequem erscheinender Lösungen eine perspektivisch vorteilhafte Lösung zu wählen. Wenn er mir nicht geholfen hätte, den gar nicht zu ermessenden Abstand zwischen unseren Fachkenntnissen zu überbrücken, wäre ich ihm sicher noch ungeschickter zur Hand gegangen, und als unangenehme Draufgabe hätte sich zwischen uns eine nervöse Spannung entwickelt.

Beim Arbeitslied war ich in der vorteilhafteren Situation. Nicht daß ich meine plötzlich und unkontrolliert aufsteigenden Gedanken immerfort und sogleich mit jedermann teilen würde, im Gegenteil, ich war gerade deshalb in der vorteilhafteren Situation, weil ich das nicht mag, ja sogar für geistig verachtenswert halte. Die Scheu nötigt zu vorsichtigem, manchmal geradezu ängstlichem Auswählen. Daher habe ich es schließlich zu einiger Fertigkeit darin gebracht, wie jene Gedanken, die unwillkürlich in einem aufsteigen, zu ordnen, in Zusammenhang zu setzen oder zu separieren sind. Wenn ich den Vorteil meiner Versiertheit mißbraucht hätte, hätte ich so manche seiner Gedankenassoziationen lächerlich oder verächtlich finden, sie zurückweisen und mit scharfen Worten abstempeln müssen, aber ich fand größeren Gefallen daran, den tieferen Sinn seiner unwillkürlich herausgesungenen Gedanken zu begreifen, ihre Herkunft zu bestimmen, als etwas zu sagen, was eine sinnlose Spannung zwischen uns hätte hervorrufen können. Wir gaben gegenseitig aufeinander acht, und ich glaube, so wie ich seine natürliche Gabe schätzen lernte, die Integrität des anderen zu achten, konnte auch bei ihm keine Klage aufkommen, daß ich dieses Allerwichtigste verletzen würde. Wir waren so weit, daß einer im anderen die Fähigkeit achtete, den anderen zu achten. Als wollten wir ausdrücken, daß wir nur die im anderen wiedererkannten Eigenschaften als unsere eigenen achten können.

Nach Wochen war der Augenblick erreicht, da zwei unter sich gebliebene Menschen sich eingestehen, daß ein warmes Gefühl von Freundschaft sie erfüllt. Wir hoben in der gnadenlos heißen Sommersonne gerade einen Graben aus. Der Graben sollte nahezu zwanzig Meter lang und fast zwei Meter tief werden. Wir standen zwischen marmorglatt gehauenen Lehmwänden und beugten den Rücken, der Scheitel unserer Köpfe war bereits nicht mehr zu sehen, über uns der Himmel. Er arbeitete mit Spitzhacke und Spaten, ich folgte ihm mit der Schaufel. Ich mußte die schweren Klumpen der gelockerten Erde so nach oben schleudern, daß von dem immer höher aufragenden Erdwall auch kein Brocken zurückrieselte. In solcher Tiefe ist der Geruch ein anderer, hat das Wort einen anderen Klang. So als stündest du im verletzten, geheimen Urzeitleben der Erde, nicht davon zu reden, daß du deine Tage dort verbringst, wo du einmal endgültig sein wirst. Da sagte er beiläufig, daß er die Juden hasse, da sie ihn anekelten. Ich fragte sofort, jeder einzelne? Er sagte, ohne Ausnahme. Seine entschiedene Antwort brachte mich zu dem keineswegs überraschenden Schluß, daß wohl der Ekel seinen Haß ausgelöst hatte und der Haß seinen Ekel gefangenhielt. Und wenn sich ein Gefühl mit Zähnen und Klauen an einen Affekt klammert, bleibt für Vernunft kein Platz, und schon gar nicht für die Vernunftargumente eines anderen. Ich konnte seinen Haß höchstens in die Falle locken, wenn ich ihm eröffnete, daß er jetzt die einzige Ausnahme gemacht hatte, folglich gleicherweise gegen seine feste Überzeugung verstoßen würde, wenn er einen Halbjuden ganz haßt oder jemanden zur Hälfte haßt, der gar kein Jude ist.

Wozu es leugnen, die Äußerung traf mich unvorbereitet, wenngleich ich nicht behaupte, daß ich nicht damit gerechnet hätte. Ich halte mir zugute, nicht nur von jedem Menschen sagen zu können, ob er ein Bedürfnis nach einem solchen, nach Gemeinsamkeit trachtenden und Gemeinsamkeit anbietenden Bekenntnis verspürt, sondern auch im voraus zu wissen, wann er dieses Bedürfnis verspürt. Das ist eine Sache von Menschenkenntnis und Lebenserfahrung. Einmal bin ich zum Beispiel einschläfernde zweihundertfünfzig Autokilometer mit einem Fahrer gereist und habe auf der Rückfahrt, seine geistige Beschaffenheit einschätzend, im stillen Berechnungen angestellt, ob er wohl die für mich gehegte Sympathie in ebensolcher Form bekunden wird, wenn wir in die Stadt einfahren oder wenn wir nahe am Endziel aus der Fehérvári-Straße in die Andor-Straße einbiegen. Ich hatte mich nicht verrechnet, da ich den Grad seiner freundschaftlichen Zuneigung richtig eingeschätzt hatte. Und auch jetzt war nicht mangelndes Kalkül der Grund, daß ich nicht vorbereitet war, sondern das wechselseitig gehegte Freundschaftsgefühl hatte mein Bereitsein geschwächt. Meist lasse ich mich sehr neugierig auf solche Spiele ein, und nur selten wird meine Neugier durch persönliche Gekränktheit beeinträchtigt. Ich gehe davon aus, daß man mit Gefühlen nicht streiten kann. Allenfalls kann man vom anderen erfragen, inwieweit der seinem Gefühl anhaftende Affekt angemessen ist. Das läßt sich durch gründliches Fragen einkreisen. Was natürlich eine hinterlistige Sache ist, denn ein glühender und gehätschelter Affekt wird nichts weniger lieben als auf ihn bezogene Fragen. Wenn er aber durch die bloße Fragerei doch an Kraft verliert, kann sich auch das Gefühl nicht mehr so sicher an ihn klammern. Dann müssen Zähne und Klauen sich einen neuen Halt suchen. Eine andere Frage ist natürlich, wo und worin die betreffende Person in ihrem Charakter einen neuen Halt findet.

Anderntags standen wir im gleichen Graben. Unsere Bewegungen waren die gleichen, der Himmel gleich blau, der gleiche Geruch, und auch die sich frei assoziierenden Worte klangen nicht anders. Da sagte er beiläufig, daß er die Zigeuner hasse und am liebsten allesamt ausrotten würde. Mir schoß das Blut in den Kopf, unvermittelt brüllte ich los. Zwischen Rotsehen und Brüllen ging mir trotzdem noch eine Menge durch den Kopf. Denn hätte ich zuvor nicht so freundschaftliche Gefühle ihm gegenüber gehegt und hätte ich es am Tag davor nicht als Erfolg verbucht, daß sein Haß sich durch Fragen anfechten ließ, dann hätte mich diese neuerliche Äußerung gewiß nicht so persönlich getroffen. Aber ich war ja ihm gegenüber gerade deshalb freundschaftlich gesinnt, weil ich auf seine geistigen Fähigkeiten und sein moralisches Urteil vertraut hatte. Demzufolge betraf meine Enttäuschung nicht ihn, sondern mich selbst, mein eigenes Urteil; meine Menschenkenntnis hatte eine schwere Schlappe erlitten. Gestern noch nicht ganz, heute total. Daher der Schmerz. Und mit einem solchen Menschen noch einen Augenblick zusammenzubleiben, war ausgeschlossen, weil ich es dann mit mir selbst nicht aushalten könnte. Nicht darum, weil er, wenn er die Juden nicht hassen durfte, dann die Zigeuner haßte, sondern weil die eigene Enttäuschung Schmerz verursachte, der mich hinderte, mit ihm zu reden. Enttäuschung und Ohnmacht, daher die Erregung.

Mein Mund hatte schon zum Brüllen angesetzt, doch mein Verstand hatte noch immer Zeit für eine gewisse nüchterne Kalkulation. Wenn ich jetzt zu brüllen anfinge, würde ich hinterher weit und breit keinen vergleichbaren Handwerker finden und mein ganzer Bau hier wegen einer ohnehin aussichtslosen ideologischen Auseinandersetzung stillstehen. Trotzdem soll er gehen. Ich konnte hören, wie meine Erregung den nüchternen Verstand übertönte. Ich brüllte bereits. Ich brüllte etwas wie, wer morden will, ist ein Mörder, und wenn er Blut sehen will, wird später Blut fließen. Und wenn es in zehn Jahren wieder in Strömen fließen wird, dann solle er daran denken, daß es durch solche Reden dazu kommt, durch Worte wie diese und nichts anderes. Er unterbrach seine Arbeit nicht. Vermutlich hatte er ähnliche Bedenken. Ginge er, mußte er sich eingestehen, daß er sich in einem Gefühl getäuscht, daß er gerade dort keine Übereinstimmung gefunden hatte, wo er sie suchte, daß er mit sich selbst unzufrieden sein mußte, daß er ein schlechter Menschenkenner war. Unser Schweigen blieb lange Zeit ziemlich unerträglich. Dann bemerkte er zwischen zwei Bewegungen, ich solle ihn ruhig auch ein andermal anbrüllen, mit Gebrüll sei ihm nichts anzuhaben, denn wenn jemand brüllt, könne er höchstens lachen. Seine Antwort enbehrte nicht der Eleganz.

Doch von wegen lachen, tagelang sprachen wir nicht miteinander. Dann kam es, wie es gewöhnlich geht, bei der Arbeit ergaben sich so viele Probleme und Schwierigkeiten, daß wir doch wieder Worte wechseln mußten. Wir kehrten zu den gewohnten Arbeitsliedern zurück. Doch es war noch keine Woche vergangen, als er damit herausrückte, wie sehr er die Schwulen hasse. Man sollte sie sich alle schnappen und der Reihe nach kastrieren. Mit dem Klappmesser. Ich hatte ihm mit meiner Fragerei die Juden genommen, mit mir ließen sich auch die Zigeuner nicht hassen, weil ich dann brüllte, und ungeachtet dessen war da nun die Frage, wie mit diesen armen Schwulen zu verfahren sei. Als ob er mir eine letzte Chance geben wollte. Und von seiner Seite ging er kein geringes Risiko ein, wenn er mich so auf die Probe stellte, denn er konnte die Glaubwürdigkeit seines Hasses nur an meinen Gefühlen überprüfen. Ich hob den Blick. Als rechnete ich damit, statt eines erwachsenen Mannes ein unschuldiges, unreifes Kind vor mir zu sehen. Er bückte sich gerade wegen irgendetwas, kehrte mir den Rücken zu. Hätte ich sein Gesicht sehen können, hätte es mir auch nichts erklärt. Am liebsten hätte ich ihn so in den Hintern getreten, daß er auf die Nase fiele. Ich sagte kein Wort. Ich beschloß, Opportunist zu sein, die Schwulen nicht in Schutz zu nehmen, sie ihm zu überlassen. Sollte er mit seinem Haß hausieren gehen, sollte er ihn vor sich hertragen, wie er konnte und wollte. Mein Schweigen mochte ihm dennoch zu denken geben. Oder aber er hatte mit den Schwulen so große Probleme, daß er alles damit vollschwatzen mußte. Er berichtete von banalen Erlebnissen; es hing mir zum Hals heraus. Immer wieder fragte er, erhielt aber keine Antwort. Ich konzentrierte mich auf die Arbeit, er setzte den Dialog mit sich selber fort. Er redete über seine eigenen Vorstellungen und Phantasien, die keinen Deut von den allgemein üblichen abwichen. Ich hörte zu, nicht verärgert, sondern höchstens mitleidig. Alles, was er zum Thema zu sagen hatte, war für mich wahrhaftig der Rede nicht wert. Er beharrte auf seinem Haß und beharrte darum auf diesem Thema. Auch dazu hatte ich nichts zu sagen. Er beharrte so sehr auf seinem Haß, daß er ihn totredete, besser gesagt, er beharrte darauf so lange, bis er ihn zerredet hatte, und das ist schließlich ein Zeichen von Gesundheit. Er hatte es allein bewältigt, was er auch dann nicht besser hätte machen können, wenn ich nicht geschwiegen hätte. Vom Kastrationsklappmesser war er bis zu der höchst generösen Erkenntnis gekommen, daß die Menschen sehr verschieden sind.

Die große Wende in unserer Geschichte kommt erst noch. Eines schönen Tages nämlich arbeiteten mindestens sechs Handwerker mit all ihren Gesellen am Haus. Auf dem offenen Dach Zimmerleute, auf der Leiter der Klempner, im Graben Rohrleger, Tischler an den Fensterrahmen, Elektriker und so fort. Dementsprechend waren der Arbeitslärm und das Arbeitslied. Beim ständigen Hämmern, Feilen und Sägen redeten alle gleichzeitig. In dem ununterbrochenen Redestrom Rufe, Gelächter, Flüche. Jeder ließ bei dem anderen das Seine ab. Mein Meister hatte sie allesamt organisiert und leitete auch die Arbeiten. Wir hatten schon seit Stunden kein Wort gewechselt und uns auch nicht gesehen, denn ich hatte mich hinter das Haus zurückgezogen und klopfte fleißig Abbruchsteine ab. Wahrscheinlich ahnte er nicht, daß ich ganz in seiner Nähe war. Bisweilen gerieten verständliche Partien aus dem Stimmengewirr in ein gemeinsames Fahrwasser, aber dann wurden sie entweder durch ihre Arbeit von dem Meinungsaustausch abgelenkt oder sie lenkten sich unter dem Vorwand der Arbeit selber ab, um sich nicht in unnötige Streitereien einzulassen. Mal war es ein Chor, mal ein ambitioniertes Solo, manchmal ein Kanon. Stärker und schwächer werdend, und auch die Intensität der Instrumentalbegleitung änderte sich ständig.

Auf einmal sprachen sie über das Verbrechen, das damals die ganze Gegend in Erregung hielt. Das Verbrechen, bei dem Blut und Sperma geflossen waren, hatten zwei junge Zigeuner begangen. Man fiel einander ins Wort, steigerte sich, jeder schilderte dem Lauf seiner Phantasie entsprechend, wie die beiden jungen Männer bestraft werden müßten. Die Phantasien ähnelten sich großenteils, man konnte sie nicht besonders originell nennen, doch sie wurden immer blutrünstiger. Es wurde gesagt, was man mit den beiden machen würde, man malte es aus, überbot einander und suhlte sich in den heraufbeschworenen Greueltaten. Ich vernahm, wie mein Meister das Arbeitslied seinerseits abbrach, er wurde immer stiller. Den Chor leitete unterdessen die Überzeugung, daß keine Tortur ausreichen würde und daß viel immer noch zu wenig wäre. Ich saß und putzte meine Steine. Auf der anderen Seite wurde das Haßlied auf die Rechtsordnung gesungen, denn in den Augen dieser rechtschaffenen Männer konnte das zu erwartende Gerichtsurteil nichts anderes als pure Infamie sein. Ich konnte mir nicht vorstellen, was den Abschluß eines solchen Chorwerks bilden könnte. Gleichmütig putzte ich meine Steine. Wir näherten uns spürbar dem Erfüllung bringenden Finale, als der donnernde Baß meines Freundes einsetzte. Ruhig und würdevoll. Seine Erregung hätte sich wohl nur an der Lautstärke ablesen lassen, denn in ihr verbarg sich der Impuls seines Affekts. Er donnerte, wer morden wolle, sei ein Mörder, und wenn sie Blut sehen wollten, dann werde es fließen. Wortwörtlich donnerte er das. Und wenn es in zehn Jahren wieder in Strömen fließen werde, dann sollten sie daran denken, daß es durch solche Reden dazu käme, durch Worte wie diese und nichts anderes.

Es wurde still, auch die Instrumente setzten aus. Es war die Stille der Verblüffung. Nach kurzer Zeit dann eine vorsichtige Säge, ein Schleifrad, das Kreischen des Gewindeschneiders, Rattern, Hämmern, aber lange, sehr lange kein Sterbenswort unter dem blauen Himmel. Dann ein »Gib mir mal das«, »Leg das mal dorthin«, leise stahlen sich die Wörter in das Lied zurück.

(1990)

BLATT 6

»Mein Vater haßte die Juden, und zwar ausnahmslos, sogar die demütigen Alten. Es war ein uralt überlieferter und eingefleischter Haß, für den er keinen Grund mehr anzuführen brauchte, jede Motivierung, sogar die absurdeste, gab ihm recht. Daß die Juden nach der Weltherrschaft strebten, weil sie ihnen von ihren Propheten verheißen worden wäre, glaubte freilich niemand mehr, obwohl sie tatsächlich immer reicher und mächtiger wurden, wie man hörte, besonders in Amerika. Aber Geschichten von einer bösen Verschwörung, wie sie angeblich in den ›Protokollen der Weisen von Zion‹ schriftlich niedergelegt war, hielt man selbstverständlich für Humbug, ebenso wie solche von Hostienraub und Ritualmorden an unschuldigen Kindern, trotz des immer noch unaufgeklärten Verschwindens der kleinen Esther Solymossians. Das waren Märchen, die man Dienstmädchen erzählte, wenn sie sagten, sie hielten es bei uns nicht länger aus und gingen lieber zu einer jüdischen Familie, wo sie besser bezahlt und behandelt würden. Dann allerdings erinnerte man sie auch beiläufig daran, daß die Juden schließlich unseren Heiland gekreuzigt hatten. Aber für unsereins, das heißt: für gebildete Leute, war's gar nicht nötig, mit so schwerwiegenden Argumenten aufzufahren, um die Juden für zweitrangige Menschen anzusehen. Man mochte sie einfach nicht, jedenfalls weniger als andere Mitmenschen, das war so selbstverständlich wie daß man Katzen weniger mochte als Hunde oder Wanzen weniger als Bienen, und man amüsierte sich geradezu damit, die absurdesten Begründungen dafür anzugeben.

So zum Beispiel war's doch bekannt, daß es Pech bringt, wenn man auf die Jagd gehen will und dabei einem Juden begegnet. Nun tat aber mein Vater nicht viel anderes, als auf die Jagd zu gehen, und weil sich's bei der großen Menge von Juden in der Bukowina kaum vermeiden ließ, dabei jedesmal gleich mehreren zu begegnen, hatte mein Vater diesen Ärger beinahe täglich, er litt darunter wie an einem in die Zehe eingewachsenen Nagel. Es gab bitterböse Szenen zwischen ihm und meiner Mutter, weil sie gelegentlich an lumpensammelnde Hausierer – Juden, selbstverständlich, sogenannte Handales – abgetragene Kleider verschenkte und damit Schwärme von ihnen vors Haus lockte. Man konnte ihnen die alten Kleider nicht verkaufen, das sah mein Vater als erster ein; aber es war doch besser, das Zeug fortzuwerfen, als die Juden in ihren schmutzigen Geschäften zu unterstützen und damit wenn möglich noch ihren verabscheuungswürdigen sozialen Aufstieg zu fördern.«

Der zitierte Text stammt aus einem der Meisterwerke des in Ungarn wenig bekannten deutschen Schriftstellers Gregor von Rezzori. Es ist ein Roman aus fünf Erzählungen. Rezzori baut in dem 1979 erschienenen Buch, dem er den Titel »Memoiren eines Antisemiten« gab, fünf lange Erzählungen autobiographischen Charakters aufeinander auf. Der Roman ist seitdem in mehreren Auflagen erschienen, ein Erfolgsbuch zu Recht, ist er doch in der deutschen Nachkriegsliteratur eine der ungewöhnlichsten Rechenschaftslegungen über den Rassenhaß. Es ist ein Tendenzroman, ein ideologischer Roman, obwohl es in den Erzählungen selbst keine Spur von Tendenz, Ideologie oder gar Rechenschaft gibt. Es ist die Geschichte, wenn man will, die Entwicklungsgeschichte eines blasierten Kindes, eines sich besinnungslos austobenden Halbwüchsigen, eines tollkühnen Jungen. Freilich, der Held der fünf Erzählungen könnte auch aus fünf verschiedenen Familien stammen. Denn das moralische Urteil beziehungsweise der Rechenschaftsgestus kommt eigentlich nicht im Stoff der Erzählungen zur Geltung, sondern vielmehr in der Struktur, der Art, wie die unterschiedlichen Erzählungen miteinander verknüpft und aufeinander aufgebaut sind. Rezzori läßt die fünf Erzählungen so zu einem Ganzen verwachsen, daß man unterdessen auch einen Roman über beliebige Seelenentwicklungen vor sich haben könnte. In den in sich geschlossenen Erzählungen waltet das Goethesche Prinzip der ›Wahlverwandtschaft‹, von bedingtem Wollen und Müssen, in der Struktur des Ganzen aber eine Ideologie, die dem zwanzigsten Jahrhundert und jedem, der persönlich in ihm gelebt hat, ihren unpersönlichen Stempel aufgedrückt hat. Man könnte sogar sagen, die ›Wahlverwandtschaft‹ wird von der Ideologie und die Ideologie von der ›Wahlverwandtschaft‹ geprägt. Mein Haß ist ein individueller Haß, aber am Werk ist der unpersönliche Haßapparat.

Rezzoris literarisches Verfahren ist einzigartig sowohl bezüglich der Erzählweise als auch der Behandlung des Themas. Er erzählt nicht im Ton der Selbstprüfung oder Rechenschaft von sich, vielmehr erinnert er sich einfach und mit anmutiger Eleganz an eine untergegangene Welt. Gregor von Rezzori ist nicht der einzige, aber der außergewöhnlichste Berichterstatter und Vergegenwärtiger dieser versunkenen, vernichteten, zu Schutt und Asche verbrannten Welt, dieses Grenzlands des einstigen römisch-deutschen Reiches, wo Ruthenen, Rumänen, Ukrainer, Deutsche, Ungarn und Juden im Elend zusammenlebten und die blutigsten Kapitel in der Geschichte des Jahrhunderts geschrieben worden sind. Auch er tritt in jene, in der deutschen Literatur als Literatur des »Schtetl« bekannte Tradition ein, die sich aus der Vielsprachigkeit, aus Glauben, Legenden und Volksmärchen speist und deren sinnliche Darstellung bewahrt. Aus dieser auch mit dem ungarischen Geschichtsbewußtsein eng verknüpften Region stammen Rezzoris große literarische Vorgänger Carl Emil Franzos, Joseph Roth und Alexander Granach. Bestünde noch eine Chance für so etwas, was sich literarisches Allgemeinbewußtsein nennen ließe, dann hätte mit Sicherheit die Kenntnis etlicher ihrer literarischen Meisterwerke darin Platz, und so manches wissend, wüßten wir auch vom Ursprungsort der Menschenliebe und des Menschenhasses.

Rezzori unterscheidet sich von ihnen und anderen nur insofern, als er zu einer Zeit über diese literarisch reich kartografierte Welt zu schreiben begann, als sie real schon nicht mehr existierte; als ihr letzter, aller Wahrscheinlichkeit nach allerletzter Bote. Das Besondere seiner Betrachtungsweise aber besteht darin, daß er seinen gestrigen Bewußtseinsmangel nicht mit seinem heutigen Wissen überblendet. Er schreibt über dieses Menschengezücht so, als wäre überhaupt nichts geschehen. Er ordnet die Lebensphänomene seiner Vergangenheit nicht unter dem Eindruck der späteren Erschütterung neu, und deshalb ist seine bei der Rekonstruktion dieser Vergangenheit um Sinnlichkeit bemühte Darstellung auch nicht durchwirkt von den für die deutsche Nachkriegsliteratur so charakteristischen Scham- und Schuldgefühlen. Als habe er vom Wirken der Gruppe 47 überhaupt nichts gehört, als sei Adornos berühmter Satz nie an sein Ohr gedrungen. Er hat kein Schuldbewußtsein, aber gerade aus dieser gähnenden moralischen Lücke heraus entfaltet er die unausgesprochene moralische Lehre des Buches. Er hält das Vergrößerungsglas über Erscheinungen und Zusammenhänge, die uns gerade durch unsere kulturelle Ethik und Ästhetik auch noch nach dem Weltbrand zu sehen verboten sind. Er macht das Prä- und Subkulturelle sichtbar. Er schreibt deutsch, in einer ganz ungewöhnlichen deutschen Sprache, denn als Bukowiner ist sein Bewußtsein von der Vielsprachigkeit genährt, und daher betrachtet er die barbarischen und heidnischen Glaubensvorstellungen der in Verführung Verstrickten und zu ihrer Wahl Verurteilten unvoreingenommen, ja mit Vergnügen. Es ist, als sähen wir einem barbarischen rituellen Tanz zu, einer heidnischen Initiationszeremonie, die unsere christliche Kultur wie ein Geheimnis mit sieben Siegeln mit sich schleppt.

Kühl, ironisch, ambitiös, verspielt, originell, frech, kraftvoll, traurig, verträumt, resigniert, heldenhaft. All das ließe sich über Gregor von Rezzori sagen. Es sind nicht gerade harmonische Eigenschaften. Die freilich den nicht gerade harmonischen Eigenschaften der Kultur entsprechen. Die sogenannte große Geschichte nimmt Rezzori in seinen Erzählungen nicht zur Kenntnis, von der Kultur spricht er fast gar nicht. Er richtet sein Augenmerk auf elementare Lebenserscheinungen, beobachtet, wie sie sich im Gefüge eines durch seine Eigenschaften festgelegten Charakters übereinander schichten. Durch diese Beobachtungen wird sichtbar, welche fertigen Ideologien ein menschliches Individuum übernehmen muß, damit die Struktur seines Wesens durch niemanden beschädigt werden kann, und auf welche Weise eine solche vereinbarte Ideologie Teil seiner elementaren Lebensphänomene werden kann, ohne daß es dem Individuum bewußt würde. Es wird sichtbar, was das Individuum seinen Eigenschaften gemäß in seiner Wesensart verschieben muß, woher, wohin und warum. Es wird sichtbar, an welchen Punkten und auf welche Weise sich der kleine persönliche Haß mit dem großen unpersönlichen Haßapparat verknüpft, unabhängig davon, ob die Person das für wünschenswert erachtet. Rezzori zeigt kein Interesse am historischen Antisemitismus, er sondiert und erklärt ihn nicht und verirrt sich deshalb auch nicht im Labyrinth von Ursachen und Motiven. Was ihn interessiert, ist der sich als Auswirkung elementarer Lebensphänomene offenbarende alltägliche Antisemitismus, der mit den Affekten und Gefühlen des Individuums in direktem Zusammenhang steht, und deshalb läßt er die Ideologie außer acht. Die Ideologie des Antisemiten versteht er als ein Verbindungssystem persönlicher und allgemeiner, individueller und konventioneller Affekt- und Gefühlsäußerungen. Man kann seinen Roman auch als Illustration zu István Bibós Studie über »Ursachen und Geschichte der deutschen politischen Hysterie« lesen.

Wer sich in seinen eigenen Lebensphänomenen auskennt, wer weiß, was woher kommt und was woraus folgt, bedarf keiner Ideologie, nur um seine unverständlichen Affekte und heftigen Gefühle durch eine unglückselige Gemeinschaft zu veredeln. Er könnte allenfalls sagen, daß er anderen gegenüber so viel Ungerechtigkeit verübt hat, wie er sich selbst gegenüber verüben mußte, um die Integrität seiner eigenen Wesensart gegenüber den anderen wahren zu können. Jene aber, die mangels Selbsterkenntnis ihre nicht vorhandene persönliche Integrität verteidigen, indem sie sich an eine unpersönliche Ideologie klammern, hält Rezzori für lächerlich. Doch er weist dabei nicht auf andere, sondern sieht und präsentiert als den Lächerlichsten sich selbst. Er verkündet auch nicht, daß er Antisemit war und nun nicht mehr ist, sondern deckt mit nicht geringem ästhetischem Genuß die Fehlbarkeit der menschlichen Seele in sich selber auf. Den ideologischen Anschluß konsensbedürftiger Seelen betrachtet er als lustvollen Kurzschluß des Selbstbewußtseins, eine Art Ejakulation. Andererseits spricht in Rezzoris Buch ein Mensch die konventionelle Sprache der antisemitischen Ideologie, der, in die Schreckensherrschaft der Barbarei, einen prä- und subkulturellen Zustand zurückgeworfen, an einem Nullpunkt der Menschlichkeit in der Sprache der Selbsterkenntnis über sich zu sprechen gelernt hat. Er war dazu gezwungen, und er ist gegen seine Überzeugung dazu gezwungen worden, denn dem unpersönlichen Haßapparat ist das Individuelle nicht heilig. Nicht Anteilnahme, Scham und Schuldbewußtsein haben Rezzori geleitet, sondern sein auf sich selbst haltendes Zartgefühl. Jedenfalls behauptet er das von sich selbst. »So ertappte ich mich bei der gleichen witzig abfertigenden Schnödigkeit, die ich für zynisch und typisch jüdisch angesehen hatte. Aber ich wußte erstaunlicherweise, daß mein Vater mich dafür nicht verachtet haben würde. Ich war sicher, daß selbst sein Judenhaß haltgemacht hätte vor dem, was hier vor sich ging: am Punkt, an dem es anfing, unästhetisch zu werden.« Das Zartgefühl ist das Pseudonym für sein wiedergefundenes

Selbstbewußtsein und den Mut, sich der falschen Verbrüderung entgegenzustellen. »Die einzige Würde, die in der Zeit gewahrt werden konnte, war die, zu den Opfern zu gehören.«

(1990)

BLATT 7

Ob im Traum oder im Wachen, es ereignet sich ziemlich selten, daß man dem lebendigen Gott persönlich begegnet. Ich zum Beispiel war ihm bis dahin noch niemals begegnet, offen gesagt hatte ich auch nicht daran gedacht, danach zu trachten. Keineswegs ohne Verständnis, eher mit Nachsicht betrachte ich dahingehende Bemühungen meiner Mitmenschen. Wer sich mit Gebeten an Gott wendet, geht davon aus, daß er in die Situation des Dialogs mit ihm geraten und ihn, wenn er schon mit ihm spricht, nach eigenem Ermessen um dieses oder jenes bitten kann; Glück, Geld, Sieg, Tapferkeit, Einsicht und anderes mehr. Mein Bedenken bei Gebeten mit diesen kleinlichen Inhalten ist nicht, daß Gott nicht mit solchen Fragen behelligt werden dürfte, und meine Frage ist auch nicht, ob er die mündlichen Offenbarungen meiner Drangsal wohl hört und zur Kenntnis nimmt, sondern ich denke viel eher daran, daß der Betende damit unvermeidlich ein unmißverständliches Zeugnis davon gibt, wie wenig er an die Vorsehung glaubt. Was und wen ruft er also an? Die um gesicherte und beständige Formen des Dialogs bemühten Theologen denken sicher nicht so, doch ich empfinde es als völlig hinreichend, mich meinen Atemzügen und dem Strom meines Blutes zu überlassen.

Es ist schon eine gute Weile her, daß mich der Weg durch die fremde Straße eines fremden Ortes in einer fremden Gegend führte. Noch vor dem wohltuenden Frühjahrsregen war es, daß ich dort war, an einem sonnigen Vormittag, und der trockene Wind jagte von den Feldern am Rand des Ortes große, trichterförmige Staubwolken über die nicht asphaltierte Straße. Die Luft war ziemlich warm, als wäre es schon Sommer, doch an den kahlen Gerippen von Bäumen und Sträuchern füllten sich gerade erst die Knospen mit Saft. Spuren einer dauernden und schleichenden Zerstörung zogen sich durch diese Gegend, die Höfe waren vernachlässigt und dreckig, in den Gräben lag der schon lange verrottende Inhalt hier ausgekippter Müllbehälter, zerrissene Milchbeutel, verrostete Gerätschaften, und in einem zerfledderten Buch blätterte der Wind. Auf einem Hof sah ich ausgeschlachtete Autos, auf einem anderen durchwühlten die Schweine den Boden zwischen dem schon halb vermoderten Holz einer zerfallenen Weinlaube, doch ich glaube nicht, daß sie auf Würmer stoßen konnten, denn nach der Winterdürre mußten auch die sich in tiefere und weniger luftige Erdschichten verkrochen haben.

Kleine Kinder hockten mitten auf der Straße, über irgendeinen Gegenstand oder ein Spiel gebeugt, und da ich dort entlang mußte, steuerte ich neugierig auf sie zu. Seit Jahren, vielleicht einem ganzen Jahrzehnt hatte ich nicht mehr gesehen, daß Kinder im Staub der Straße hocken und spielen, und darum war das Bild eher so, als ob ich durch tief versunkene Erinnerungen schritte. Ich blieb über ihnen stehen, und meine Überraschung war so groß, daß ich nichts sagen konnte, aber ich hätte auch keine Gelegenheit dazu gehabt, da sie mich überhaupt nicht beachteten. Es mochten etwa sechs sein, und sie schoben ein Auto zwischen sich hin und her. Sie waren verdreckt vom Straßenstaub und zerlumpt, aber äußerst wohlauf. Auch das armselige kleine Auto betrachtete ich mit Erstaunen, auch so etwas konnte man schon lange nicht mehr sehen, es war tatsächlich aus irgendeinem grobem und hartem Holz mit der Hand geschnitzt. Doch der wirkliche Grund meiner Überraschung war, daß die Kinder französisch sprachen. Los, jetzt, paß auf, nicht dahin, hierhin, die Richtung halten; solcherlei, was auch ich verstand, riefen sie einander zu. Ich überlegte, ob es hier einen französischen Kindergarten geben könnte, aber von so etwas hatte ich nichts gehört, und ein französischer Kindergarten hätte im übrigen auch nicht in diese durch Verfall und Armut verwüstete Umgebung gepaßt.

Wie hatte ich mich so weit verirren können? Hastig forschte ich in meiner Erinnerung, aber ich hatte nicht einmal eine Ahnung davon, von zu Hause weggereist zu sein. Da vernahm ich Schritte hinter meinem Rücken. Ich drehte mich um und sah, wie sich mir eine sehr schöne, schlanke Halbwüchsige näherte. Sie war barfuß und hatte nichts an als ein verwaschenes Sommerkleid. So warm die Frühlingssonne auch schien, das entsprach doch nicht ganz den Wetterverhältnissen. Aber nicht nur mit Ort und Zeit, sondern auch mit meiner Gafferei kam ich in Schwierigkeiten. Das Mädchen sah mich ziemlich streng an. Als sei es mir nicht erlaubt, die Kinder zu stören. Dabei hatte ich sie gar nicht gestört. Als sie mich erreicht hatte, ergriff sie meinen Arm, aber ich spürte durch den Druck, daß ich nichts zu fürchten hatte. Meinem Arm war einfach wohl in der Wärme ihrer Hand. Sie lächelte nicht, wie die anderen sprach sie französisch, ihre Berührung beruhigte mich. Sie sagte, ich würde Gott begegnen, es sei jedoch an mir, ihn zu finden.

Ich antwortete nicht. Was hätte ich auch darauf sagen können. Sie ließ meinen Arm los. Das Schweigen verübelte sie mir nicht, weil sie spürte, was ich dachte. Sagte ich etwas, dann würde ich nicht gern fehlerhaft sprechen, es würde mir physischen Schmerz verursachen, die zu bildenden Sätze zu verpatzen. Und ich sah überhaupt keine Chance, daß ich sie nicht verpatze. Sie wiederholte, ich müsse ihn finden, und fügte hinzu, daß sie mich deshalb begleiten werde. Es lag keine Ermunterung darin, ich hätte der Ermunterung auch gar nicht bedurft, vielmehr war es gut, daß die Worte also genau das bedeuten würden, was sie bedeuten. Ich suche, sie begleitet mich bei der Suche, ich muß ihn finden, sie aber weiß, wo ich ihn finde; was eine sehr schöne Beziehung zwischen zwei Menschen ist. Ich setzte mich in Bewegung.

Wenn sich der Mensch auf die Suche begibt, muß er sich seelisch auf einen langen Weg vorbereiten. Rechterhand bog ein kleines Gäßchen von dieser breiten Straße ab. Das Mädchen folgte mir behutsam, seine Fußsohlen klatschten leise auf den Boden, es blieb einen knappen Halbschritt zurück. Ich dachte, hier biege ich ein, denn wenn ich suchen muß, kann ich ihn letztlich an jedem Ort suchen und jederzeit finden. Das Gäßchen stieg bergan, seine weiß gekalkten Häuser oder besser Häuschen standen ganz eng aneinander. Doch ich brauchte nur wenige Schritte zu machen. Hinter dem ersten Haus am Lattenzaun stand Gott.

Er hatte den Kopf leicht gesenkt, als müsse er sich wegen irgendetwas schämen, vielleicht meinetwegen, und so sah er von unten mit festem Blick zu mir auf. Er stand nicht mehr als drei Schritt von mir entfernt. Groß war er, knochig, hager. Sein zerfurchtes, sonnenverbranntes Gesicht glich dem eines alten, abgearbeiteten Tagelöhners, und auch seine Kleidung war nicht anders. Er trug ausgeblichene weite Hosen und ein verschossenes Hemd, die eine Hand ruhte gleich einem schweren Hammer auf den Zaunlatten, die andere war zur Faust geschlossen in der Tasche. Noch sprach er nicht und ich natürlich auch nicht. Doch wenn ich sagen würde, daß wir uns lange ansahen, wäre das auch nicht ganz richtig. Vielleicht sollte ich sagen, daß ich bei diesem Blick genau das fühlte, was geschrieben steht; wer in Gottes Auge blickt, spürt sich selbst nicht mehr, und auch die Welt spürt er nicht, da ER selbst an die Stelle von alledem tritt. Ich könnte also sagen, daß von mir nichts anderes blieb als das Vermögen des bloßen Sehens, das wiederum nicht mehr unterscheidbar war von seinem Sehen.

Ein blasses Grau, vielleicht ein wenig Grün, mit sich von den Augenwinkeln her verästelnden, etwas greisenhaften roten Äderchen, und Pupillen von abgrundtiefer Dunkelheit. Da jedoch packten mich irgendwelche Leute. Genauer gesagt, sie zogen mich aus den abgrundtief dunklen Pupillen heraus, so daß ich wieder zu meinen eigenen Empfindungen undefinierbaren Inhalts zurückkehrte. Ein hilfloser Kranker war ich in ihren Händen, aber sie handelten keineswegs in feindlicher Absicht, als sie den in seiner Ohnmacht zur Last gewordenen Körper vor dem Auge Gottes ans trockene Land zogen, sondern eher wie Notärzte. Sie mußten rasch handeln, und ich hätte ihnen höchstens Vorhaltungen machen können, weil sie mich den abgrundtief dunklen Pupillen entzogen hatten, doch die Freude davon blieb mir auch noch im Schmerz. Ich war geblendet von all dem Weiß, dem vielen Weiß der um mich herumschwirrenden weißen Kittel von Ärzten und Pflegern. Noch blitzte der blaue Himmel durch das weiße Gewirr, auch die alten, vom Regen geschwärzen Zaunlatten, und das Weiß der gekalkten Hauswände in dem vielen übrigen Weiß, und während sie mir fast nichts mehr am Leibe ließen, sondern den nackten Körper anscheinend mit Blutegeln vollpflasterten, führten sie an den verschiedensten Punkten und Öffnungen die Enden von allen möglichen Apparaten ein.

Dann sah ich nur, wie eine Hand das endgültige Untersuchungsergebnis präsentierte. Ein Reagenzglas befand sich in dieser Hand und darin mein Blut. Ich starrte auf die Präsentation meines im Reagenzglas eingeschlossenen Blutes. Gottes Auge genügte es, mich mit einem einzigen Blick zu streifen. Mit diesem Blick vergewisserte er sich dessen, was er schon vorher über mich wußte und was identisch war mit dem, was ich selbst über mich dachte. Und demnach war auch mein Eindruck nicht falsch gewesen, daß er sich meinetwegen schämen mußte. Er hob die Stimme, sie war fest und rauh.

»Du willst nicht leben.« Mir blieb nichts zu sagen, tatsächlich dachte ich das, was er wußte. Lebte aber dennoch. Dann schien es, als bahne sich auf seinem alten Gesicht ein Lächeln an. Was nicht mehr bedeuten konnte, als daß er wieder einmal jemanden bei diesem hinterlistigen kleinen Schwindel ertappt hatte.

(1990)

BLATT 8

Während mein Haus gebaut wurde, kam in mir eine Vorstellung davon auf, wie es wirklich gebaut werden müßte.

Ich habe gesehen, wie man es macht, ich war selbst beim Bau beteiligt, ich verfüge über Erfahrungen, welche Mangelsituationen zu welchen Notlösungen führen, habe mir selbst den Kopf darüber zerbrochen, welche Materialien durch welche anderen ersetzbar wären, und so weiß ich nun nicht nur, was für Fehlerquellen die Zwänge und Notlösungen mit sich bringen, sondern auch, daß dieses System von Zwängen und Notlösungen in keiner Weise der ursprünglichen Vorstellung entspricht, mit der wir an den Bau des Hauses herangegangen sind. Das Haus ist nicht dieses Haus. An den Fehlern ist nicht mehr zu rütteln, sie sind mit eingemauert, der Hauskonstruktion eingehaucht, in sie einbetoniert; die Quellen der funktionellen Störungen sind nicht separat und einzeln freizulegen. Ich kann mich schließlich nicht mit der Spitzhacke darüber hermachen. Nicht nur, weil ich mir nicht das Dach über dem eigenen Kopf niederreißen kann, sondern auch weil ich inzwischen zwar eine Vorstellung habe, wie man ein Haus baut, aber keine blasse Ahnung, wie es sinnvoll und wirtschaftlich wieder abzureißen ist. Ebendas läßt sich auch mit einem Land nicht machen.

In glücklicheren Welten, in unseren Träumen vielleicht

oder über den sieben Bergen, müssen die Menschen sich wohl kaum mit solcherlei nutzlosen Vorstellungen und müßigen Aufregungen abplagen, weil es dort sicher Leute gibt, die sich zum Beispiel darauf verstehen, ein Haus so zu bauen, daß niemand auf den Gedanken käme, es wieder abreißen zu müssen. Oder die, falls es doch abgerissen werden müßte, über Erfahrungen und Kenntnisse verfügen, wie es abzureißen ist.

In glücklicheren Welten, in unseren Träumen oder über den sieben Bergen, heißen solche kenntnisreichen Menschen der Einfachheit halber Baumeister und Maurer. Aber ich träume mich nicht in gemalte Himmel; das soll heißen, ich beklage mich nicht. Es ist gut und nützlich, wenn ich zumindest eine verschwommene Vorstellung davon habe, wie man ein Haus baut, aber zweifellos ist es besser, wenn ich meine ganze Aufmerksamkeit auf den Satzbau, die fehlerlose Satzkonstruktion richten kann. Stelle ich beispielsweise in den Sätzen, die ich jetzt niederschreibe, fehlerhafte Verknüpfungen zwischen den Wörtern her, dann wird keine Menschenseele sagen können, was ich mir gedacht habe. Und passiert es wegen irgendeines Fehlers, aus einer Not heraus doch, dann beklage ich mich umsonst darüber, daß die Leute mich offenbar nicht verstehen, oder rechtfertige meine Fehler umsonst damit, daß die schweren, aus den Mängeln meines Hauses resultierenden Funktionsstörungen meine Aufmerksamkeit von den Sätzen abgelenkt hätten und sie deshalb fehlerhaft geworden seien.

Doch so leben wir. Jeder findet ausreichende und triftige Gründe, warum er seine Arbeit anderer wegen nicht ordentlich verrichten kann. Im Umfeld allgemeiner Lustlosigkeit, Panik und Gereiztheit läßt sich kaum noch wahrnehmen, daß diese sich fast ausschließlich auf andere beziehenden Rechtfertigungen eigentlich die Resultate funktioneller Denkstörungen sind. Wo Mangel, Not und Improvisation herrschen, mir deshalb höchst wenig Genuß bereitet, was ich gerade mache, und meine dilettantische Arbeit wirklich keinen lautstarken Beifall verdient, da ist, egal, ob ich nun Maurer, Schriftsteller oder Ministerpräsident bin, die Unzufriedenheit, die von anderen auf mich zurückfällt, von vornherein in alle fehlerhaften, brüchigen, scheußlichen Objekte, Artikel oder Deklarationen strukturell eingebaut, und da kann ich mich auch nicht darauf verlassen, daß wenigstens die zum Verständnis der Anomalien benutzten Wörter dennoch intakt, solide und klar geblieben sind. Aus der einfachen Gegebenheit, daß ich fortwährend und ungehemmt meine eigene Sprache spreche, folgt nicht notwendig, daß ich mit verständlichen, klaren und intakten Worten über die Geschehnisse in meinem eigenen Leben disponiere, so wie aus der Tatsache, daß ich in einem Haus wohne, nicht im entferntesten folgt, daß das Haus gut ist.

Wenn ich also die ganz einfache Frage beantworten will, was morgen sein wird, oder frage, was soll ich tun, damit es so oder so werde, dann muß ich zunächst untersuchen, woher stammen und was bedeuten die Begriffe, mit denen ich über morgen nachdenke. Die konventionellen Übereinkünfte beim Sprachgebrauch, die wir im Umfeld von Mangel, Not, Zwängen, Unzufriedenheit, Vorwürfen und Klagen geschaffen haben, lassen sich für kein noch so hehres Ziel aus den Köpfen herauslösen. Ich jedenfalls kann mir kein besseres Morgen vorstellen, dessen Vorstellung auf schlechten und falsch angewandten Begriffen von gestern und vorgestern beruht.

Wenn sich ein tobender Parteipolitiker, der die Verantwortung unablässig anderen anhängt und sich im übrigen in vollem Ernst zum Anhänger der demokratischen Rechtsordnung erklärt, an uns mit dem Aufruf wendet, wir sollten eine öffentliche Gewissensprüfung abhalten, dann muß ich mir als Angesprochener zunächst klarmachen, in welcher Art er denkt und in welcher Art ich denke; ich mache mir die Begriffe klar, vergleiche sie. Natürlich habe ich seinen Vorwurf sofort verstanden. Er kann seine Arbeit aus dem Grund nicht ordentlich verrichten, weil der Stand meines Bewußtseins nicht den Grundsätzen entspricht, denen er folgt. Ich bedeute für ihn mit meinem heutigen Bewußtsein genauso ein Hindernis, wie ich bereits gestern für andere Parteipolitiker ein Hindernis bedeutet habe. Doch woher weiß er, ob ich mein Gewissen geprüft habe? Zur Gewissensprüfung gehört gerade, daß man sie für sich vollzieht. Allenfalls folgt man dem Drängen seines Beichtvaters oder Psychologen und berichtet ihm über das Ergebnis seiner Seelenarbeit. Das kann nicht öffentlich geschehen, sondern nur im verborgenen. Jawohl, es gibt Schriftsteller und Dichter, die diese peinliche Arbeit vor der Öffentlichkeit verrichten, doch haben sie damit nie jemanden zu irgendetwas aufgerufen. Höchstens haben sie anderen bei etwas geholfen, was diese auch im verborgenen nicht zuwege brachten. Ist es überhaupt möglich, die Begriffe Öffentlichkeit und Gewissensprüfung miteinander zu verknüpfen? Natürlich ist es möglich, die Verknüpfung ist uns sogar sehr vertraut. Sie gehört zum traurigen Instrumentarium der Glaubensgeschichte und wurde später Selbstkritik genannt. Personen, die sich im Besitz der alleinigen Wahrheit glauben, gehen davon aus, daß ich ein Frevler und Sünder bin und meine Seele nur retten kann, wenn ich nicht halsstarrig bin, sondern meine ganze Schmach und Verderbtheit in öffentlicher Rede bekenne. Es handelt sich um eine regelrechte Kunstform, ihre Richtlinien sind festgelegt, die Ergebnisse vorhersehbar. Aber was für eine Gewissensprüfung könnte das sein, bei der ich das Ergebnis schon vorher wüßte und nicht das Recht hätte, die Richtlinien zu bestimmen, nach denen ich sie durchführen soll?

Demnach wüßte also auch der tobende Parteipolitiker, ohne die Rechnung zu machen, das Ergebnis voraus, wegen dessen Fehlen er sein Ziel nicht erreichen kann? Soll ich ihm gestehen, daß ich ein Frevler und verstockter Sünder bin und die Geschichte meines dreißigjährigen Erwachsenenlebens nichts anderes als eine Anhäufung von Schändlichkeiten? Was hätte er davon? Und warum sollte ich im Interesse seiner Ziele derart lügen? Nein, ein Morgen, wie er es mir oder wem auch immer um den Preis derartiger Bekenntnisse in Aussicht stellt, wünsche ich mir nicht. Oder sollte er nicht wissen, welcher Unterschied zwischen den Begriffen Bekenntnis, Selbstkritik und Gewissensprüfung besteht? An welche demokratische Rechtsordnung denkt er andererseits? Gibt es eine demokratische Rechtsordnung, in der jemand sein Gewissen anderen schuldet? Wenn meine Gewissensfreiheit durch ebendie Rechtsordnung garantiert wird, deren Anhänger zusammen mit mir auch er sein will, wozu dann die Einmischung in etwas, wozu ihn diese Rechtsordnung in keiner Form ermächtigt? Interpretiert er seinen Begriff von der demokratischen Rechtsordnung vielleicht nach seinen Erfahrungen mit der diktatorischen Rechtlosigkeit? Während ich gespannt seine vorwurfsgeladenen Blicke beobachte und mir Worte anhöre, mit denen er vermutlich nicht einmal selbst übereinstimmt, kommen mir starke Zweifel nicht nur bezüglich der Verläßlichkeit seiner Begriffe, sondern auch hinsichtlich der Realität seiner politischen Ziele. Und ich denke mir, es würde wirklich nicht schaden, wenn er, was er von anderen wünscht, bei sich selbst vollzöge. Schließlich hat er höhere Schulen besucht.

Der Maurer, der am Bau meines Hauses arbeitete, ließ mich mitten in der Arbeit plötzlich stehen. Er fuhr über die sieben Berge, um seinen Verwandten beim Hausbau zu helfen. Zurück kam ein anderer Mensch. Er hatte in sechs Wochen zehn Kilo verloren. Nur äußerst mühsam bekam ich aus ihm heraus, was passiert war. Nichts ist passiert, sagte er, er mußte nur einsehen, daß er nicht mauern kann, er mußte einsehen, daß er nicht verputzen kann, und wie erbärmlich er sich dabei auch immer vorgekommen war, er mußte einsehen, daß das gute Leben nur dann gesichert ist, wenn er Tag für Tag alles von vorne erlernt. Nicht von der Arbeit war er abgemagert, nicht von dem bekanntlich angespannten Arbeitsrhythmus, sondern davon, die Vorstellungen von Arbeit miteinander in Einklang zu bringen. Niemand, der sich eine gute Zukunft vorstellt, kann sich dieser Arbeit entziehen. Und so weiter.

(1990)

Ein Lügner, ein Betrüger

Damals war Frühling, und ich konnte schon schreiben.

Als ich zur Schule ging, erblickte ich etwas Seltsames. In einem großen schwarzen Wagen kochte eine dicke schwarze Masse. Der Wagen wurde mit Holz befeuert, und die Masse wurde in eine Schubkarre abgelassen. Sie stank. Damals wußte ich noch nicht, daß es Teer ist. Aber es war interessant zu beobachten, wie man die Straße damit machte. Und wie die Masse dann abkühlte. Ich ging in die Schule.

Dann fiel mir in der ersten Pause ein, daß es doch schöner wäre, den Straßenarbeitern zuzusehen, als hier vergeblich herumzusitzen. Denn schreiben konnte ich schon. Ich riß eine Seite aus meinem Heft und schrieb auf das Blatt:

LIEBE FRAU LEHRERIN ICH BITTE MEINEM SOHN FREIZUGEBEN WEIL ER HEUTE GEBURTSTAG HAT UND DAS WOLLEN WIR FEIERN

Und setzte den Namen meines Vaters darunter. In schöner Blockschrift.

Als die Stunde begann, brachte ich den Zettel zur Lehrerin. Die Lehrerin las, nickte und erlaubte mir, nach Hause zu gehen. Ich war glücklich. Und bin nicht nach Hause gegangen. Stundenlang stand ich am Rand des Gehwegs, bis die Arbeiter Feierabend machten und sich zu waschen begannen; bis zum Bauch nackt, in einer Blechschüssel, vor der offenen Tür der Gerätebude. Aus großen Kannen gossen sie sich gegenseitig Wasser über die Arme. Aber das fand ich schon nicht mehr so interessant. Nur, wie aus der schwarzen Masse die Straße wird. Ich glaube, ich wäre auch heute noch ein ganz guter Straßenbauer, wenn es nötig sein sollte. Ich habe mir alles genau gemerkt. Jede Bewegung. Selbst das Waschen.

Am Abend klingelte es. Meine Eltern schickten mich zur Tür. Eine elegante Dame stand im dunklen Treppenhaus. Mit Hut und Handschuhen. Sie ähnelte der Lehrerin ungemein, doch die Lehrerin trug nie so elegante Kleider. Sie war einfach gekleidet. Und irgendwie erschien es mir völlig undenkbar, daß da die Lehrerin steht. Und daß sie es war, die geklingelt hatte.

Aber sie war es. Sie strich mir mit der behandschuhten Hand übers Haar und kniff mich dann etwas derber in den Nacken. So wie es die Lehrerin immer tat. Dann überreichte sie mir eine Tafel Schokolade. Aber warum? Und dann sagte sie, sie gratuliere mir herzlich zum Geburtstag und habe sich gedacht, zum Anlaß meines Geburtstags einen Besuch zu machen, sie möchte gern mit uns zusammen feiern, und deshalb habe sie das gute Kleid angezogen, und deshalb habe sie den Hut aufgesetzt, und deshalb habe sie auch die Schokolade mitgebracht, sagte die Lehrerin und lachte so fröhlich, wie man bei festlichen Anlässen lacht.

Wir standen im dunklen Flur.

Die Tür stand noch immer offen, denn ich war nicht in der Lage, sie zu schließen. Irgendwie konnte ich meine Hand nicht dazu bewegen, obwohl ich wußte, daß ich die Tür schließen müßte. Und ich konnte kein Wort hervorbringen. Obwohl ich wußte, daß ich sagen müßte, ich bedanke mich, und bitte treten Sie ein. Doch ich konnte nichts sagen. Die Lehrerin tat, als bemerke sie es nicht. Obwohl ich sah, daß sie es bemerkte. Doch sie trat ohne Umstände ins Vorzimmer ein, so als sei sie schon oft bei uns gewesen.

Unter der Tür schimmerte Licht hervor. Die Lehrerin klackte mit ihren hochhackigen Schuhen bis zur Tür, verharrte dort und klopfte mit der behandschuhten Hand an. Nicht mit dem gekrümmten Finger klopfte sie, sondern, wenn auch auf feine Weise, mit der ganzen Faust. Sie öffnete die Tür und wartete noch einen Moment im Licht, ob ich denn auch hinterherkäme. Aber ich konnte mich nicht rühren. Und hätte so sehr gewollt, sie ginge nicht hinein oder es passierte irgendetwas anderes. Dann schloß sie die Tür.

Und in dem dunklen Flur blieb nur der schmale Lichtstreif, der unter der Tür hervordrang. Ich fühlte, gleich wird dort etwas Fürchterliches passieren. Da, wo das Licht herausdringt. Etwas so Fürchterliches, daß ich es mir überhaupt nicht vorstellen kann. Ich versuchte, es mir vorzustellen. Doch es war still. Als ob meine Eltern überhaupt nicht in dem Zimmer wären, und als ob auch die Lehrerin nicht hineingegangen wäre. Vielleicht ist auch niemand in dem Zimmer. Nur das Licht, das herausdringt. Aber da war die Geburtstagsschokolade in meiner Hand. Und ich habe heute gar nicht Geburtstag. Der ist erst später. Irgendwann. Auf ihn mußte man noch warten.

Ich lief ins Badezimmer. Die Tür schlug laut zu. Ich begriff, daß sie deshalb so laut zugeschlagen war, weil ich sie hinter mir zugeknallt hatte. Doch ich konnte mich nicht beruhigen. Hier war es noch dunkler. Die Schokolade in meiner Hand wurde weich. Ich stieß gegen die Wanne. Meine Hand spürte die Spalte zwischen Wanne und Wand, in die ich beim Baden immer hinunterguckte, vergeblich, denn man konnte nicht bis auf den Grund sehen. Es war eine sehr tiefe Spalte. Diese Spalte ist meine Hilfe. Ich warf die Schokolade hinein, doch leider prallte hinter der Wanne etwas auf, ich hörte es genau, dabei wollte ich diesen Aufprall doch nicht hören, denn ich hätte mir gewünscht, die Spalte zöge sich bis ins Parterre hinunter und die Schokolade fiele dorthin.

Die Schokolade hinter der Wanne; so war alles noch schlimmer.

Ich lief weiter, in mein Zimmer, und auch hier schlug die Tür laut zu, weil ich sie zuknallte, obwohl man jetzt keine Türen knallen dürfte, sondern sich ganz still, im Dunkeln, irgendwo zwischen den Sachen, verstecken sollte. Ich stand im Zimmer, regungslos. So regungslos, als gäbe es mich gar nicht.

Doch es gab mich. Denn aus dem Nebenzimmer tönte die Unterhaltung herüber, auch leises Lachen, nur lauschte ich vergeblich, ich hörte nicht, was sie sprachen. Und warum lachen sie?

Das Fürchterliche wollte nicht enden. Und die Schokolade hinter der Wanne. Ich zitterte sogar. Aber ich fürchtete mich umsonst, denn es kam niemand.

Auch heute weiß ich noch nicht, wovor ich mich so gefürchtet habe. Und ich erinnere mich auch nicht, wie ich später aus der Mitte des Zimmers bis zur Tür gekommen bin und immer noch zitternd, aber doch schon mutiger, mein Ohr an die Tür gepreßt habe. Ich weiß nicht, wovor ich mich so hätte fürchten können, denn meine Eltern hatten mich noch nie geschlagen und noch nie gestraft. Vielleicht fürchtete ich mich gar nicht vor ihnen, sondern vor mir selbst, während ich, meiner selbst wegen zitternd, das Ohr an die Tür preßte? Auch heute weiß es noch nicht.

Auf der anderen Seite der Tür gab es keinerlei Aufregung. Es war eine ganz ruhige Unterhaltung. Als ob die Lehrerin gar nicht dort wäre. Oder diese Unterhaltung, auch wenn sie dort ist, so wie jeden Abend verliefe. So einschläfernd ruhig. Man konnte davon einschlafen wie vom Märchenerzählen. Und leise drückte ich die Klinke. Blinzelnd trat ich in das erleuchtete Zimmer.

Das abendliche Licht des Kronleuchters. Sie tranken Tee. Sie lächelten. Als wäre nichts geschehen. Als bemerkten sie überhaupt nicht, was jetzt in mir vorging. Als sähen sie nicht, wie ich zum Tisch schleiche, mich auf die Sessellehne hocke und vorsichtig meinen Kopf unter die Hand meiner Mutter ducke.

Und die Hand meiner Mutter streichelte meine Hand. Und meinen Kopf. Nur so, nebenher, während der Unterhaltung. Aber dann entzog ich mich. Doch man redete mit mir, und auch ich brachte irgendwas heraus. Nur über diesen Geburtstag redete niemand.

Die Lehrerin ging, und alles blieb so, als wäre der Abend geradeso wie andere Abende. Wir aßen. Ich wusch mich. Ich wurde zu Bett gebracht, aber Mutter erzählte mir keine Geschichte, und ich wagte nicht, sie zu bitten, daß sie mir eine erzählt. Aber sie küßte mich. Und auch das war so, als hätte sie mir schon eine Geschichte erzählt.

Und doch war alles anders geworden.

Auch heute weiß ich nicht, worüber sie im Nebenzimmer gesprochen haben. Doch es ist auch nicht wichtig.

Und die Schokolade, dort hinter der Wanne? Ist sie beim

nächsten Putzen zum Vorschein gekommen? Oder sollte die Spalte tatsächlich so tief gewesen sein? Noch lange lauerte ich, was passiert. Denn ich konnte die Schokolade nicht unter der Wanne hervorholen. Doch es passierte nichts.

(1974)

Pompeji

Pompeji, diese Hoffnung, Betrachter des Untergangs sein zu können. Ich lebe noch. Die Schönheit vergänglicher Dinge betrachtend, darf ich als Überlebender erschauern. Wäre das eine schmähliche, ganz und gar verwerfliche, egoistische Hoffnung? Oder einfach nur dumm? Denn wo wurde geschrieben, jeder Untergang könnte überlebt werden? Und messe ich die schändlichen Massengräber Europas etwa mit dem gleichen Blick? Für diesmal hätten die Kipper nicht meinen nackten Körper in die Grube geschmissen.

Der Überlebende muß fragen, warum gerade ich nicht. Mit seiner Frage löst er die Toten im Strom seines Blutes auf. Wenn ich erheische, moralisch zu sein, müßte ich auf die Ästhetik des Untergangs spucken. Ich liebe es nicht zu leben. Ich möchte die in der Lava erstarrten, fliehenden Körper nicht als etwas Schönes betrachten. Wer lebt, hofft auf eine Erklärung. Er fragt den leeren Himmel, grübelt über irgendwelche historischen Zusammenhänge, steigt vielleicht sogar ins Innere des Kraters hinunter, um den Hitzegrad der blubbernden Lava zu messen. Doch mit dem Teufel paktiert heute niemand mehr um der Erkenntnis willen, so wie auch niemand in sich selbst Gott zu erkennen vermag.

Von Capri sind wir mit dem Schiff nach Neapel zurückgefahren. Es war im heißen Sommer neunzehnhundertsiebenundsiebzig. Von dort wären wir gern mit der Bahn nach Pompeji weitergereist. Um den in Schönheit erstarrten Untergang zu sehen, zu empfinden, was Plinius noch mit eigenen Augen sah. Wir zählten unser Geld, aber es reichte nicht mehr dafür. Dann laß uns wenigstens in einem guten Restaurant zu Abend essen. Wir bestellten trockenen Weißwein, feurig mit Peperoni gewürzte Bohnensuppe, Spaghetti mit Tomatensoße und Meeresfrüchten und brutzelnden Lammbraten. Vielleicht war der Seestern verdorben, vielleicht die Muscheln, die Krabben oder der Tintenfisch. Eine Stunde später, im Richtung Rom rasenden Nachtzug, habe ich alles erbrochen.

(1990)

Seufzerbrücke

Beim Eintreten, obwohl ich es sehe, nehme ich es nicht wahr. Dabei gibt der Türspalt einen perfekten Ausschnitt des still verschämt lebenden Bildes frei. Ich bin schon einmal in diesem Haus gewesen. In diesem Raum. Sie war blond, mit blauen Augen. Es war Sommer.

Jetzt regnet es draußen, es ist Frühling, Mittag, die Straße menschenleer, leer auch der Hof, man hört nichts als das leise Rauschen des Regens, und als ich in den ersten Stock hinaufsteige, begegnet mir niemand. Ich bin allein.

Als ich es dir erzähle, stellt sich heraus, daß auch du, nur wenige Stunden früher, am Vormittag, dort warst, und als du eintratst, erzählst du, kam die alte Frau, die im Raum Aufsicht führt, hinter dem Paravent hervor. Das Haus, so sagst du, ist weiß.

Auch ich sah, daß es weiß ist, und doch nahm ich es nicht wahr. Ich blickte zu den Außengalerien und den vergitterten, den Hof als Seufzerbrücke überspannenden Gängen, über die ich einmal des Nachts gegangen bin. Von den Gittern tropft gleichmäßig der Regen. Der Ausstellungsraum ist eigentlich nicht größer als ein Zimmer. So war es auch, ein Zimmer in einer Wohnung zum Hof. Dort stand das Bett. Jetzt hockt die alte Frau hinter dem offenen Türflügel am Tisch. Es ist kühl. Ihr Blick ist verschleiert, ihre Hand ruht in den weiten Rockfalten versteckt im Schoß.

(1970)

Notate

Heute morgen ist es, als säße ich gestern nachmittag hier auf diesem Stuhl.

Wir waschen das sorgfältig ausgenommene Hühnchen gut, salzen es innen und außen gründlich, streuen Majoran in die leere Bauchhöhle, stecken eine kleine Zwiebel, einen ganzen säuerlichen Apfel und in feine Streifen geschnittenen, durchwachsenen Speck hinein, nähen die Öffnungen dann zu, spicken die Haut mit Streifen geräucherten Specks, bestreichen das Hühnchen danach reichlich mit Fett oder Öl und schieben es in die heiße Röhre; während des Bratens wenden wir es mehrmals um und beträufeln es zusätzlich mit Fett, damit es schön gleichmäßig bräunt, knusprig wird und sich sein roter Leib gut auf der weißen Platte ausnimmt, die wir noch mit einem rohen und möglichst grünen Apfel garnieren.

Auch der Tod ist kein unerklärlicher Vorgang. Mit unserem Verstand können wir auch im Tod frei herumwühlen. Und in dem, was nach dem Tod folgt. Schließlich kommen auch im Körperzerfall, der Verwesung, keine anderen als physische Gesetzmäßigkeiten zur Geltung, und die sind wahrhaftig begreifbar. Man sollte sich bewußt machen: Mein Zerfall geht im selben Organismus vor sich wie mein Leben. Bemerkenswert sind diesbezügliche Beobachtungen Merkels: Die sich in der intakten Schädelhöhle entwickelnden Verwesungsgase können die zersetzte Hirnmasse in die Venen drücken und von dort in die rechte Herzkammer – in diesem Fall ist die Embolie nicht im Lebenden entstanden.

Ein Prinz, im goldenen Mantel, steht im Baum und reicht der unsichtbaren Prinzessin die Hand.

Nach dem Aufwachen kommt es ihm überraschend in den Sinn. Schon sechs Jahre ist es her! Sein Kopf in der Zange der Schenkel. Sie hielten sich mit den Mündern. So ist es danach nie wieder gewesen. Soweit er sich erinnert, schliefen sie ohne Orgasmus ein: und doch auch nicht. Als hätten sie den Orgasmus in einer übersinnlichen Sinnlichkeit erlebt. Da, wo die Gesetze der Materie keine Gültigkeit mehr haben. Und dann dieser dicke graue Wintermorgen und ausgerechnet zwischen den scheußlichen Stationen des Kalvarien-Platzes.

»Man muß ihm die Flügel abhacken!« sagt jemand am Morgen unter meinem Fenster.

Heute sitzt ein Jäger im Baum, den großen Hut übers Ohr geschoben.

Ich sehe aus dem Fenster. Die Katze ist da. Vermutlich habe ich sie im Frühjahr vor dem Hungertod gerettet. Ich bin mir aber nicht sicher, ob es diese Katze ist. Und vielleicht ist auch die Behauptung übertrieben, ich hätte sie gerettet. Sie spielt mit irgendetwas. Später gehe ich hinunter. Sie hält eine lebendige Maus im Maul, und es ist, als könnte man in ihren großen Augen etwas spüren, das sie äußerst vergnüglich stimmt.

Vielleicht das spielerische Glück des Jägers. Ich möchte die Maus gern befreien, doch als ich mit meiner Hand näherkomme, geht die Bewegung in Streicheln über: Als hätte meine Hand für mich zu Ende gedacht, daß es doch ohnehin umsonst wäre, daß wir einander doch ohnehin unausweichlich umbringen. Und das Streicheln löst anscheinend ihre letzte Hemmung. Falls es sie gab. Auf jeden Fall aber muß es für sie wichtig sein, es spornt sie zur Entscheidung an, denn sie beginnt unter meiner Hand zu schnurren und zerknackt den zuckenden kleinen grauen Körper zwischen ihren Zähnen. Aus ihrer Mundhöhle ein letztes Wimmern des verendenden Lebewesens. Und keine Minute später hat sie es fröhlich knackend mit Haut und Haar verzehrt.

»Wieviel Kilo haben seine Erdbeeren gebracht?« – »Sie waren wäßrig, allesamt wäßrig.« – »Wieviel Kilo haben sie gebracht?« – »Fünfundvierzig. Tausendeinhundert Forint hat er dafür gekriegt.« – »Ui, verdammt! Davon kann er die Schulden bezahlen, die er dem Dorf und den Genossenschaften an den Hals gebracht hat, der Schweinehund!«

Ich sitze neben der offenen Glastür und lese. Ich wende den Kopf zur Seite: ein Gesicht. Zwei Augen blicken mich an. Ich zucke zusammen. Durch das Zucken verwandelt sich das Gesicht in mein eigenes.

Intim: was sich nur dir selber zeigt, keinem anderen.

Der Nachbar drischt mit dem Stock auf seinen fünf Jahre alten Sohn ein. In den unerwarteten Pausen zwischen dem Gebrüll hört man das Niedersausen, das Klatschen auf dem nackten Fleisch. Geheul, Weinen, dann Stille. Und erleichtert und vergnügt pfeift der Mann den ganzen Sonntagvormittag vor sich hin. Die Sonne scheint.

Rede ich: wird der Tag leer.

Er betrachtet sich. Ich betrachte mich im Spiegel. Ich sehe, wie er sich betrachtet. Ich sitze am Tisch. Stelle mir vor, was ich im Spiegel sehe, wenn ich mich betrachte. Um zu sehen, wie er sich betrachtet.

Der nackte Körper der Frau lag auf dem Steinboden, auf der Seite; beide Arme erstarrt über den Kopf gestreckt. Das Glas der sich öffnenden Tür hatte leicht gezittert. Als sie eintraten, hätten sie fast die Finger der Frau berührt. Sie schienen irgendwohin zu weisen, nach draußen, zum Hof, wo der Akazienbaum stand. Man zählte sieben Stichwunden. Die erste direkt unter der Achsel, die zweite an der Seite zwischen den beiden unteren Rippen, die dritte knapp unter dem Hüftbein, die vierte an der Verbindung von Oberschenkelknochen und Hüfte, die fünfte an der Außenseite des Schenkels, die sechste am Unterschenkel, die siebte an der Ferse. Alle Stiche stammten vom selben Messer und waren etwa gleich tief in Haut und Fleisch eingedrungen. Ungefähr zwei Zentimeter breite, von geronnenem Blut gesäumte und gefranste Einschnitte waren so entstanden. Das verzerrte Gesicht zeugte von einem langen Todeskampf, mit den Fingernägeln hatte sie sich an mehreren Stellen die Haut aufgekratzt, es ist aber auch möglich, daß es eine andere Ursache für die auf Kratzen deutenden roten Streifen gab. Auf den Steinboden waren drei Roßhaarmatratzen geworfen, aber sie lag nicht auf ihnen. Auf der über das Drahtgeflecht des Eisenbettes gebreiteten groben Decke ein Mann in Rückenlage, ebenfalls nackt, auch er mit über den Kopf erhobenen Armen, als habe er sich ergeben wollen; die Handgelenke hingen zwischen den Gittern des Eisenbetts, sein Kopf war etwas nach hinten geknickt. An seinem Körper fand sich eine einzige Spur äußerer Verletzung, ein Schlitz von der Breite einer Messerklinge zwischen der vierten und der fünften Rippe. Doch kein Blut, weder auf dem Steinboden noch auf der Matratze noch auf der Decke, nirgends.

»Der spielt doch nicht! Der schreibt! Er kratzt jetzt alles zusammen, was er weiß!« – »Wovon? Vom Maisschälen?« – »Natürlich, auch davon! Und dabei sieht er nichts, wenn er vor die Tür geht, glauben Sie mir, auch das Maisschälen sieht er nicht. Was weiß ich, was das für einer ist!« – »Schrecklich so was, sich alles aus dem eignen Kopf zu holen!«

Durch das Grün des kleinen Birnbaums vor meinem Fenster schimmern das Blau des Rittersporns, das hellere Blau des Himmels und eine rosarote Rose.

»In einem Fall hat ein zur Sodomie gebrauchter Schoßhund das Geschlechtsteil seiner verstorbenen Herrin herausgefressen«, schreibt Gerichtsmediziner Dr. Schranz.

Seit Tagen bin ich ruhig. Ich bin einfach, wie ich bin. Als wäre ich sicher, daß etwas kommen wird, ohne daß ich weiß, was es ist, doch egal was.

Der Quittenbaum bewahrt seine Blätter vom Vorjahr. Nicht daß er sie brauchte, aber er kann sie nicht hergeben.

Man muß loslassen, was sich anklammert.

Am Morgen hat das Sonnenlicht den Birnbaum weiter weggerückt: Es irritiert mich, daß er nicht an seinem Platz ist.

Kunst wäre nur dann nicht reine Kompensation, wenn eine totale Vermittlung möglich wäre. Gäbe es eine totale Vermittlung, dann wäre auch totale Selbstenthüllung möglich. Die totale Selbstenthüllung ist der einzig gangbare Weg und ein Labyrinth. Weil totale Selbstenthüllung unmöglich ist. Bei der totalen Selbstenthüllung müßte der sich selbst Enthüllende identisch sein mit dem, was er enthüllt. Er müßte sich also verdoppeln. Doch ist es einerseits notwendig zu kopieren, was ohnehin gegeben ist? Und wäre es andererseits überhaupt möglich?

Ganz und gar man selbst. Gibt es das?

Ich möchte mich mit meinen extremsten Gedanken identifizieren. Doch immer bin ich entweder mehr oder weniger.

Was ist das Vollkommene – wenn eine Zigarettenschachtel vollkommen sein kann.

Nichtwissen ist ebenso wichtig wie Wissen. Wir sollten nicht darauf aus sein, alles zu wissen, wir sollten Nichtwissen und Wissen vielmehr genauer einkreisen. Die Kreisbögen würden sich überschneiden, und in dem Ausschnitt würde das Beziehungsverhältnis sichtbar.

Andererseits: Einsicht! Und weg von zu direkten Erklärungen! Die zu direkte Erklärung hat immer etwas von deiner zielgerichteten Voreingenommenheit.

In einem der hängenden Gärten Dubrovniks hocken schwarze Katzen. Weich und regungslos. Ich zähle: fünf. Im Fenster taucht ein Katzenkopf auf. Aus dem Marmorkelch noch einer: schwarzer Kopf zwischen lila Petunien. Eine Katze plumpst irgendwoher auf den Boden, eine springt auf den narbigen weißen Stein der runden Brüstung. Ich zähle von neuem. Es sind acht. Eine kommt um die Hausecke, gleichzeitig verschwindet eine andere. Ich zähle sie wieder. Es sind trotzdem zehn, zehn schwarze Katzen im hängenden Garten, am Vormittag. Beziehungsweise neun schwarze, eine ist graugetigert. Doch nein. Schon sind nur noch vier übriggeblieben. Fünf. Drei. Es ist unmöglich festzustellen, wieviel Katzen in dem Moment, als ich meinen Kopf dorthin drehte, in dem hängenden Garten waren. Und wie viele sind es nun? Waren es. Denn auch die siebte ist wieder da. Ist weder der vergangene noch der gegenwärtige Zustand feststellbar? Wieder sind zwei verschwunden, plötzlich.

Man könnte sagen: auch auf mich selbst kann ich nur schließen. Kann man das sagen?

Dazwischen. Nicht hier und nicht dort. Nicht unten und nicht oben. Sowohl hier wie dort, sowohl unten wie oben. Mein Ort ist dazwischen. Es gibt kein Dazwischen. Das Dazwischen ist der nicht existente Ort, den ich allein deshalb erfinde, um meinen Platz unter dem Himmel formulieren zu können. Und insofern ist er doch gegeben. Als ständiger Wechsel. Denn immer bin ich mir bewußt, daß es stets auch ein anderes gibt. Vor allem und nach allem, unter allem und über allem, was ist, gibt es andere Möglichkeiten. Aber nicht für mich. Für mich existiert nur der ständige Wechsel, der alles andere für mich Mögliche ununterbrochen ausschaltet. So ist also das, was in meinem Leben nicht geschieht, für mich mindestens so charakteristisch wie das, was geschieht. Also bin ich doch dazwischen.

Auf der Stelle treten. Selbstbefriedigung. In bestimmten Fällen gibt es gar keine andere Möglichkeit.

Ich glaube nicht, daß es in der Geschichte noch eine solche Epoche gegeben hat wie die unsrige, dieses zwanzigste Jahrhundert, das mit seiner täglichen Praxis von Vernichtung und Gigantomanie jede – für zeitüberspannend und unvergänglich gehaltene – Idee und Moral derart diskreditiert und unglaubwürdig gemacht hätte. Uns ist selbst zum Niederreißen nichts mehr geblieben. Was fünfzig Jahre lang jeder Künstlergeneration als kühne Möglichkeit erschien, die Bürgerprovokation, erscheint heute bereits lächerlich. Schließlich gibt es keine noch so unsinnige Idee, die es mit dem abendlichen Fernsehprogramm aufnehmen könnte, und der Bürger zahlt für das Programm seine monatliche Gebühr. Schließlich wurden in diesem Jahrhundert Zerstörer gigantischen Ausmaßes, mit teuflischer Begabung geboren, und es gibt keinen Künstler, der es mit ihnen aufnehmen könnte. Und auch die Zeit der Tränen ist vorbei. Und auch die Zeit der Klage ist vorbei. Die Generationen vor uns haben sich an unserer Statt – und ohne uns – ausgeweint und ausgeklagt. Wir können uns nicht einmal mehr über die historische Wetterlage beschweren: Sie ist, wie sie ist, sie verwirklicht nicht unsere Vorstellungen, sondern sich selbst. Und auch über die Gesellschaftsordnung können wir uns hier nicht beschweren: die unsrige ist die vollkommenste unter den möglichen, es lohnt sich auch nicht mehr, sie zu vervollkommnen. Die Beschwerde ließe sich auch nirgendwohin und an niemanden richten. Und wenn unsere kümmerlich glimmenden Gefühle uns dennoch die drei Revolutionsworte ins Gedächtnis zurückrufen sollten: Freiheit, Gleichheit, Brüderlichkeit – sie hätten ebenfalls keinen Adressaten. Auf seinem Wochenendgrundstück ist jeder frei. Wer drei Kinder macht, kriegt eine Wohnung. Über die Witze im Montagabend-Kabarett lachen zehn Millionen Menschen auf einmal. Alleingelassen stehen wir da, es gibt keine Haltegriffe. Doch wenn es einen Idealzustand für die Hervorbringung von Kunst oder Ideen gibt, so ist es dieser. Weder Begeisterung noch Klage lenken unsere Aufmerksamkeit von uns ab. Geschichte und Gesellschaft lassen uns nicht los, doch sie binden uns auch nicht mehr. Sie erlauben uns, unsere Sache zu tun, obwohl sie nicht begierig auf unsere Sache sind. Wir sind uns selbst ausgeliefert. Am toten Punkt. Weil uns anscheinend alle Möglichkeiten verschlossen sind. Weil es anscheinend auf alle unsere Fragen schon eine Antwort gibt und zu jeder unserer Aussagen eine Frage. Unsere einzige Gewißheit ist die, daß nichts gewiß ist. Diese Jahre haben keine Helden, keine Märtyrer. Die Toten aber werden alle zehn Jahre aus ihren Gräbern geschmissen. Wenn du dich auf dem Altar einer nach deinem Glauben wahren Sache mit Benzin übergießt und anzündest – Glaube, Wahrheit, Altar: kann man diese Worte noch ohne Skepsis aussprechen? –, dann erklären die Presseagenturen der Welt in Minutenschnelle den Grund für deine Tat: Du hast an einer Zwangsneurose gelitten. Doch welch schöner Traum: mit einem brennenden Menschenopfer bei den Göttern für die Menschen um Gnade zu bitten. Welch verhängnisvoller menschlicher Traum: sich mit einem Märtyreropfer übers Zugrundegehen hinwegzusetzen. Doch es sind schon zu viele lebend verbrannt. Auch das ist bereits zum Abklatsch geworden. Ich bin allein. Mir bleibt also nichts, als bis zu den Knien im Schutt einstiger Ideen und Weltbilder watend nach einem heilen Zeichen zu suchen. Ein heiles Zeichen? Selbst dieser Ausdruck ist noch zu romantisch und sentimental, als daß man ihn aussprechen dürfte. Sei's drum! Einfacher ausgedrückt könnte ich auch sagen: Ich bin ein im Holz eingezwängter Wurm. Ich bin zufrieden mit dem Holz, das mich einzwängt. Ich finde die Welt in mir, wenn ich mich nicht in der Welt finden kann. Mich selbst mit einem Wurm zu vergleichen, ist die Vorstellung etwa nicht bescheiden genug? Es ist falsche Bescheidenheit. Denn auch dieser Vergleich spielt mit der vermessenen romantischen Hoffnung, daß wir die Ritze im Holz vielleicht vergrößern, das heile Zeichen vielleicht finden, das erste Wort vielleicht aussprechen, vielleicht noch etwas Brauchbares unter den Trümmern finden könnten, Boden unter den Füßen, Halt.

Das Schweigen einer Menschenmenge: das ist die tiefste Stummheit, bedrohlich und anrührend.

Liebe: aus getrennten Qualen entstehende gemeinsame Qual.

Stille Nacht. Ich lege den Arm um ihre Schulter, wir gehen. Zwischen unseren Köpfen ein Kopfbreit Abstand. In dieser engen Nähe ist plötzlich ein menschlicher Atemzug vernehmbar. Ich sehe sie an. Sie dreht sich um. »Was war das?« – »Warst du das nicht?« – »Als wäre jemand zwischen uns beiden zu hören gewesen.« – »Zwischen uns, aber hinter unseren Köpfen.« – »Ein nicht sehr langes Ausatmen.« – »Als würde jemand seine Seele aushauchen.«

Schwarz und Schwarz voneinander unterscheiden.

Vom Gewitter schrecke ich hoch. Ein weißer Widerschein zuckt hinter dem Fliegengitter. Ich mache die Tür auf, aber es ist, als würde sie jemand zurückstoßen. Blitze fahren vor dem Fenster ins Regenwasser, es dampft und zischt. Das Licht geht aus. Ein neuer Blitz unterbricht den im Dunkel anrollenden Donner, und für einen Augenblick scheint alles zu erstarren, zu verenden. Dann wieder Dunkel und Krachen. Ich möchte gern laut bekennen, daß ich mich dem Tod in Ruhe überlasse. Und wache am Morgen wieder auf.

Das Zimmer: in ständigem Dämmer: ewiges Morgengrauen.

Die alte Frau ist fünfundsiebzig. Sie hat die Hühner und Enten in der Kammer gehalten, damit nicht Ratten, Marder und

Iltis sie holen, die unter dem Strohdach des Nachbarn hausen. Auch der Brutapparat war hier in der Kammer, noch während des Krieges. Gyula hat das Petroleum dafür gestohlen. »Mein Gyula ist ein Kind der Liebe.« Fein, stolz und melodisch ließ sie diesen Satz fallen. Ich mache die Kammer sauber, um mir dort eine Küche einzurichten. »Kincses, der Elektriker, ist gerade da. Sollen wir nicht Strom in die Kammer legen lassen? Warten Sie, ich spreche mit ihm!« In der Kammer herrscht penetranter und süßlicher Hühnergestank. »Hat die Kammer Lehmboden, Tante Kati?« – »Nein, mein Lieber, das ist Beton! Gyula hat sie betoniert, als die Deutschen einen Kahn Zement hier ließen, jeder hat betoniert. Hier in der Ecke mußten wir den Boden aber dann aufbrechen, als wir die Grube aushoben, um die jungen Pfeilkreuzler zu verstecken. Aber wir haben es wieder neu betoniert. Darum ist das so.« Mit der Schaufel schabe ich den Hühnerkot herunter. Schuppenartig lösen sich die trockenen Schichten voneinander, doch zwischen den Huckeln, von den Betonwölbungen und Vertiefungen ist er nur schwer abzukratzen, die Schaufelkante kreischt, der Kot ist hart wie Stein. Später überschwemme ich die Kammer mit Wasser, schrubbe und kratze, das Wasser weicht den Kot auf, macht ihn glitschig, und der süßliche Verwesungsgestank wird noch ekelerregender. Ich gehe nach draußen, doch ich spüre den Geruch in meinen Kleidern, auf meiner Haut. Das Haus hat die Frau erbaut und so hergerichtet. Ohne Mann, alles nach ihrem eigenen Maß. Und alles ist klein und niedrig. Ich stoße mir fortwährend den Kopf am Türsturz, am Laubengerüst, am Brunnenhaus. Dort hole ich das Wasser. Zum Abendbrot essen wir Bratkartoffeln. Zu dritt. Seit ich hier wohne, bleibt auch Sára am Abend hier. Sie mag etwa dreißig sein, ihr Bauch ist dick und spitz, als sei sie schwanger, sie hat ein ausdrucksloses Vogelgesicht und eine schwere Zunge. »Bin nach Boddán rüber, die Haare machen lassen.« Jetzt hat sie eine hübsche Frisur. Für einen Topf Milch spaltet sie Holz, für einen Teller Suppe hackt sie, bindet die Reben. »Sie ist epileptisch. Manchmal überkommt es sie, aber man braucht keine Angst vor ihr zu haben, sie richtet keinen Schaden an.« Tante Kati gibt ihr manchmal auch einen Zwanziger, damit sie »nach Boddán zum Haaremachen« kann. Gestern abend, als Sára endlich gegangen war, habe ich mich bis zu den Hüften gewaschen. »Soll ich Ihnen den Rücken waschen?« Tante Kati hat mir den Rücken gewaschen. Ihre Hand ist rauh, aber es ist angenehm, wie sie über die eingeseifte Haut gleitet. Jetzt bitte ich sie, in die Stube zu gehen, damit ich baden kann, schließlich wohne ich schon drei Tage hier. Zwischen Stube und Küche ist eine Tür mit einer Glasscheibe und einer Spitzengardine davor. Sie geht hinüber. Macht das Licht nicht an. Ich ziehe mich aus, aber am Topf mit dem heißen Wasser fehlt ein Henkel, der Topf rutscht aus meinen Händen, und ich verbrühe mir den Fuß. Unwillkürlich schreie ich auf. Sie stürzt in die Küche. Das Wasser war jedoch nicht allzu heiß. Sie guckt mich an. Dann zieht sie sich wieder in die Stube zurück. Ich bade im Lavoir. Die geweißten Küchenwände werfen das Licht der nackten Glühbirne grell zurück, und in dem schäbigen, alten Spiegel erblicke ich plötzlich meinen eigenen Körper. Verzerrt. Ich habe das Gefühl, als beobachte sie mich durch die Gardine, trotzdem wasche ich mich, seife mich ein. Der Körper erscheint in dem alten Spiegel selbst in dieser verzerrten Form einfach und nichtssagend.

Frösche aus der Ferne: wie Wind in den Stromdrähten. Ein umgekehrter Vergleich. Ich vergleiche schon nicht mehr das Technische mit dem Natürlichen, sondern das Natürliche mit dem Technischen. Ich erkläre für Stadtbewohner.

Die Formulierung, ich sei »ein sanfter, pedantischer Amokläufer«, finde ich als Definition meiner Intentionen oder sogar meines Lebens äußerst zutreffend. Auch dann noch, wenn du es eigentlich als Kränkung meintest. Nein, die Tollheit, der Wahnsinn, interessiert mich wirklich nicht. Das läßt mich nahezu kalt. Mich interessiert die gerade noch mögliche, aber bis ins Extreme gespannte Einheit von gut und böse, von satanisch und engelhaft, von sanft und wild; diese dramatische Einheit, die sich in keine Richtung wenden läßt, weder zum Guten noch zum Bösen, weder zum Himmel noch zur Hölle, die nicht hell und nicht dunkel ist. Der Wahnsinn ist eindeutiges Engagement, Entscheidung für etwas, und dadurch ein Gnadenzustand. Geradeso würde ich mich hüten, normal zu bleiben, denn das ist mir allzu grausam. Im Wahnsinn ist etwas Romantisches, oder gerade umgekehrt, in der Romantik ist immer ein guter Schuß Wahnsinn aus Entscheidung und Verantwortung, während es vielleicht gerade die Grausamkeit des Naturalisten ausmacht, daß jede Geste danach trachtet, übertrieben nüchtern und normal zu bleiben, jede zufallhafte Einzelheit zu meiden, die sich nicht in allgemeingültige Gesetzmäßigkeiten pressen läßt, es gibt daher kein Spiel, keinen Humor, doch klopft auch nicht das Schicksal an, nur der Vollstrecker. Mich stoßen beide Möglichkeiten, beide Lösungen ab. Der Schizophrene, der zehn Jahre lang in einer Ecke hockt und kein Wort spricht, das reizt mich nicht mehr besonders. Doch mich reizt, was das letzte Wort gewesen ist, das er gesprochen hat. Das ihm zustehende letzte Wort, am Rand des Abgrunds, das letzte Wort vor dem letzten Schritt! Zwischen Noch-nicht und Nicht-mehr, zwischen Noch-ja und Schon-ja, Noch-nicht und Schon-ja, zwischen Noch-ja und Schon-nicht-mehr. Dazwischen. Das interessiert mich. Mich interessiert nicht das Proletariat, die Bauernschaft oder die Intelligenz, mich interessiert der Sommersprossige, der Großohrige, der Grünäugige, der Dickwanst, der Schnurrbärtige, der im übrigen Arbeiter, Intellektueller oder Bauer ist, Frau oder Mann, dies oder das. Wenn du von den »Menschen von heute« und »für sie muß man schreiben« sprichst, kann ich also nur lachen, da so etwas wohl kaum existiert und man daher auch nicht für sie schreiben kann. Es existieren nur ich, du, er, sie, es, wir, ihr, sie. Jeder für sich. Deine Formulierung, die »von den Menschen von heute«, addiert den Menschen mit seinem Zeitalter. Äpfel und Birnen. Daß du »im Wahnsinn« schreiben willst, damit du »die Aufmerksamkeit des Menschen von heute« fesselst, kann ich als Vorhaben durchaus respektieren, neugierig auf das Ergebnis warten, doch ich muß auch bekennen, daß ich nicht an die Realisierbarkeit deiner Absicht zu glauben vermag. Du möchtest, daß die Literatur ein Abbild des »allzeit rasenden Derwischtanzes des Seins« sein soll, »die Wirklichkeit selbst« – ich dagegen sage, das Abbild kann gut oder schlecht sein, aber es wäre töricht, die Abbildung an dem zu messen, was sie abzubilden beabsichtigt. Die Literatur kann nicht mehr bewerkstelligen, als das Schwitzen zu beschreiben, doch sie kann nicht die Schweißtropfen übers Papier rollen lassen. Wenn die Literatur schwitzt, kann sie den Leser zum Schwitzen bringen, aber der kann das Schwitzen nur an seinem eigenen Schweißgeruch spüren. Die Verschiebung der Dimensionen erzeugt zwangsläufig andere Dimensionen, eine neue Dimensionsordnung. Ich kann zwar den Wahnsinn des Seins in den Rhythmus meiner Sätze hinüberstehlen, doch die sich aus den Rhythmen fügende Ordnung ist nicht mehr identifizierbar mit dem, was wir als Seinsordnung bezeichnen.

Ich betrachte die Blitze. Aber ich kann sie nicht betrachten. Sie sind zu stark. Ich muß die Augen schließen. Ich betrachte ihren Widerschein an der Zimmerwand. Nur so kann sich sie sehen.

Dreiunddreißig Jahre alt. Im Haar bereits graue Strähnen. Vier Bände voll geschrieben. Gutes und Schlechtes, aber Eigenständiges, denn er ist Dichter. Vater von drei Kindern. Er wird zur Polizei vorgeladen. Der Ermittlungsbeamte lehnt sich über den Schreibtisch: »Wimmeln Sie nicht überall so herum! Verstanden?«

Ich bringe P. die Schreibmaschine zurück, aber er ist nicht zu Hause. J. öffnet die Tür. Sie macht eine unsichere Geste, und wir geben uns einen Kuß. Als ich wieder gehe, begleitet sie mich hinaus, und mit Rücksicht auf unsre gemeinsam verbrachte Zeit mache jetzt ich eine kleine Geste. Wir küssen uns. Zwischen den beiden Küssen sind jedoch kaum ein paar Minuten vergangen, so daß der zweite nicht wirklich Abschied bedeuten kann. Sie blickt unschlüssig um sich, als suchte sie unsere gemeinsamen Jahre. »So ein Schmutz hier!« Ich bin überrascht, denn überall herrscht peinliche Ordnung und

Sauberkeit. Ich betrachte die Decke, die Wände. »Ja, die Wände! Die Wände müßten frisch gestrichen werden!«

Auf dem Friedhof überprüfe ich, ob mein Name noch Platz hat auf dem Grabstein meiner Eltern. Ich glaube, das ist der einzige Ort, wo ich mich zu Hause fühlen würde.

»Ich hab die halbe Butter genommen Sie sind doch nicht böse deswegen Sára ißt keinen Speck Sie finden die Erbsen in der Stube es ist fertig gekocht nehmen Sie sich davon und was übrigbleibt mache ich dann mit Nudeln zum Abend wenn Sie ankommen das Schwein muß eingesperrt werden wenn ich bis dahin nicht zu Hause bin der Schlüssel ist auf der Türkante von der Kammer.«

Wir treffen auf der Straße zusammen, gehen gemeinsam zum Milchmann. Er erzählt, daß er die Skulptur beendet hat, wir sollten es feiern. Seine Frau schenkt Wein ein, die Skulptur ist schauderhaft. Das Schweigen dauert bereits zu lange. Wir trinken. »Es ist ein gewisser klassizistischer Naturalismus darin.« Das ist Unsinn, klingt aber. Er ist beleidigt. Wir verwickeln uns in ein Wortgefecht, ich rechtfertige mich. Er provoziert, beleidigt mich, wird arrogant. Ich antworte mit immer hoffnungsloserem Unsinn. Gewissensbisse verspüre ich nicht, die Skulptur wird durch meine unsinnigen Bemerkungen weder besser noch schlechter. »Im übrigen, was verstehst du unter Klassizität?« Ich habe keine Ahnung, was ich darunter verstehe, aber ich erkläre es. Eine gewisse Ruhe der Weltbetrachtung, eine Lebensphilosophie, die wenn auch gezwungenermaßen, so dennoch einen Ruhepunkt erreicht hat, den

Sinn dafür, Widersprüche in ein etwas starres Gleichgewicht zu bringen, den toten Punkt, von dem die Anschauung sich in keine Richtung mehr fortzubewegen wagt. Gemeinplätze. Aber selbst die muß ich noch, dem Anspruch der Skulptur entsprechend, verzerren. Er ist nervös, gibt sich jetzt aber würdevoller. »Strahlt auch die Laokoon-Gruppe Ruhe aus?« Die Dynamik der Formen schließt die Ruhe der Weltbetrachtung nicht aus. Sie kann sie sogar ergänzen. Und ich bitte dich, bringen wir die Dinge nicht durcheinander! Die Situation ist nicht zu retten. Wir verstehen uns nicht, ich verstehe mich nicht. Wir trinken. »Im übrigen hasse ich die Laokoon-Gruppe«, sagt er versöhnlich. »Es ist eine schlechte Skulptur. Und dazu haben sie noch zu dritt daran gearbeitet. Was von dreien gemacht wird, kann nicht gut sein!« Darauf muß ich nicht mehr antworten: es erscheint mir als tragische Offenbarung.

K. sitzt da im Gras. Schon zehn Jahre ist es her! Hier waren wir Halbwüchsige. Einmal sind wir am fünfzehnten März geschwommen, weil Mädchen ans Ufer heruntergekommen waren. Nun hören wir an derselben Stelle der Diskussion zu. Revolution? Reformen? Kompromisse? Ich habe den Eindruck, daß wir uns nahe sind. Obwohl ich nicht einmal sein Gesicht sehe, er sitzt hinter mir, jetzt legt er sich hin, stützt den Kopf auf die Hand. Ich besitze ein Bild von ihm: Da liegt er genauso da, genau an derselben Stelle. Dabei wissen wir uns nichts zu sagen. Ich drehe mich um. »Ich denke zur Zeit viel an dich.« – »Wieso?« – »Ich weiß nicht.« Er steht auf, streckt sich, läßt die Hand auf meine Schulter fallen. Ich glaube, mehr wäre zu viel, weniger zu wenig. Dann verlieren wir uns ohne Abschied aus den Augen. Das ist in Ordnung, aber in zehn Jahren bedürfte es einer neuerlichen Berührung, damit es vollkommen ist.

Am längsten bist du ein Toter.

V. tritt aus dem Tor, wir stoßen fast zusammen. »Was, du?« – »Ja, ich. Wieso?« – »Wir haben gehört, daß du dich umgebracht hast! Nicht mal zwei Monate her! Den ganzen Morgen über haben wir herumtelefoniert, aber schließlich hat jemand gesagt, es stimmt.« Es ist schon zehn Jahre her, als K. mich anrief, laß uns spazierengehen, es schneit so schön. Wir gingen auf dem Ring los. Vor dem Hotel Royal ruckte ein Autobesitzer an seinem Fahrzeug, das in einer Schneewehe steckte. »Sollen wir helfen?« – »Wenn Sie so freundlich sind!« Und während wir das Auto schieben, drehe ich den Kopf zur Seite: Das ist der Kocsis! Mein Klassenlehrer! Aber ich bin unfähig ihn so unvermittelt anzusprechen. Auf seinem Gesicht Erstaunen und Bestürzung. »Du? Bist du es?« – »Ich bin's! Wieso?« – »Weil ich gehört habe, du hättest dich umgebracht!« Auch damals konnte ich nichts anderes tun als zu lachen. »Das bin nicht ich gewesen, sondern mein Vater!« Und jetzt erzähle ich diese beiden Geschichten. B. aber lacht. »Tatsächlich lief dieses dumme Gerücht über dich um, als du im Winter im Krankenhaus lagst.« – »Und du? Du willst nicht mehr aus dem Fenster springen?« – »Ich? Ich wollte doch nicht! Ich mußte!« Vor seinem Zimmerfenster ist ein dickes Eisengitter. »Aber jetzt muß ich nicht mehr. Auch das ist vorbei.« Er kneift die Augen zusammen, grinst und lacht. »Das habe ich jetzt im Griff. Inzwischen habe ich was Neues! Daran arbeite ich jetzt herum!«

»Sind Sie da? Sind Sie im Zimmer? Hören Sie? Die Sára ist weg. Ihr Vater hat heute früh zur Mutter gesagt, geh und hol die dreckige Hure, daß sie für uns hackt! Sie wollte mich küssen. Auch zu Ihnen wollte sie rein, aber ich hab ihr gesagt, daß Sie arbeiten, sie soll Sie nicht stören. Sagt sie: Ich möchte Sie küssen! Aber geh! Wenigstens aufs Kopftuch! Dann hat sie mich auf beiden Seiten aufs Kopftuch geküßt. Geweint hat sie auch. Wenn ihr Vater das nochmal von ihr verlangt, dann geht sie lieber ins Wasser. Sie hat sehr geweint. Solange sie dort keine Arbeit haben, sollen andere sie durchfüttern. Und jetzt, wo ihre anderen blöden Kinder nicht gekommen sind, sie sind alle schwachsinnig, da holen sie halt die Sára zum Hacken. Sie haben auch ein paar Himbeeren im Garten. Der Dreckskerl. Und auf mich pfeifen sie.«

»Ich bin am Ende der Fahnenstange, weiter geht es nicht.« Wir sitzen im zehnten Stock, auf der Dachterrasse. »Aber von da ist es ein Leichtes herunterzuspringen.« Ich kratze mit meiner Antwort ein bißchen an ihrer Seele herum, beruhige sie. Obwohl ich eigentlich sagen möchte, spring.

Muß man es nicht als folgerichtig betrachten, daß Kafka gerade im monarchistischen Prag davon erwachte, sich in einen Wurm verwandelt zu haben? Oder hätte er sich auch in Rom, Paris, im kaiserlichen Berlin in einen Wurm hineinträumen können? Und in Warschau? Und Budapest? Hašek konnte die Geschichte des Josef Schwejk nicht beenden, weil er 1923 starb. Kafka starb 1924, und auch er hat uns die Geschichte von Josef K. nur als Fragment hinterlassen. Müssen wir die tragische Übereinstimmung, daß gerade diese beiden Meisterwerke Torso bleiben mußten, nicht als symbolisch ansehen? Gerade dort? Gerade in jener Zeit? Daß sowohl Schwejk als Herr K. den Vornamen Josef tragen, ist sicher nur ein Werk des Zufalls. Doch sollten wir nicht nach tieferen, substantielleren Zusammenhängen zwischen beiden suchen? Kafka hatte das letzte Kapitel der Geschichte von Josef K. schon niedergeschrieben. Dieses jeden Zweifel ausschließende Kapitel. Josef K.s Vernichtung. Schwejk hingegen ist am Leben geblieben, weil Hašek starb. Aber was ist aus ihm geworden? Würde er noch leben? Können wir die weit verbreitete Legende glauben, daß Schwejk unsterblich ist? Darauf vertrauen, daß Schwejk plötzlich wieder auftaucht, sich irgendwann an unseren Tisch setzt? Oder hat sich auch sein Schicksal erfüllt? Auch für ihn in jenem gewissen Steinbruch, bei Mondschein, außerhalb der Stadt? Legten sich auch an seine Gurgel die Hände des einen Herrn, während der andere das Messer ihm tief ins Herz stieß und zweimal dort drehte? Hat er die Magie des Wortes ebenso vergebens für sich erdacht wie sein Bruder die Magie des Rechts? Für unsere Spurensuche gibt es nur einen sicheren Ausgangpunkt, wenn wir nach den verlorenen Kriegen in den »Kelch« zurückkehren. Und wenn wir immer in den »Kelch« zurückkehren. Aber ob wir ihn dort finden? Ob wir Kunde von ihm erhalten? Und wenn wir ihn dort fänden, ob er dann genauso zurückgekehrt wäre, wie er auf seinem Karren losgezogen ist? Ob seine Einfalt so rein bleiben konnte? Und ob er noch redet? Und wie? Denn daran, daß er kein überflüssiges Wort verloren hat, erinnern wir uns noch untrüglich. Schwejk ist nicht geschwätziger Natur. Schwejk redet nur, wenn er muß. Und wenn ebendas gesagt werden muß. Und er ist ein geschickter Formulierer, er sagt nur Sätze, die sich der Schlinge der Verurteilbarkeit entziehen, die nicht justitiabel sind. Obwohl jeder Satz ein Urteil ist. Sein ganzes Wesen ist Rechtshandel. Doch daß kein Mißverständnis aufkommt. Schwejk ist nicht vom Schlag der Heuchler, kein Prophet und kein Märtyrer, und er ist auch kein Wahrheitskrämer. Die Einfalt ist für ihn seelische Reaktion und natürliche Funktion. Er nutzt sie zur Selbstverteidigung, doch wenn es sein muß, auch zum Angreifen und Aufwiegeln. Und er kann andere damit schützen. Diese Gemütsreaktion spannt Schwejk zwischen die Welt der Normalen und die der Irren. Müssen wir daraus den Schluß ziehen, daß wir in normalen Nervenheilanstalten genauso vergeblich nach seiner Spur suchen würden wie im Amtsregister der staatlichen Urteilsvollstrecker? Aber es hat sich seitdem ja auch auf diesem Gebiet so manches verändert. In Hašeks Roman gibt es keine Landschaftsbeschreibungen. Er beschenkte uns jedoch mit einem unvergeßlichen Bild: Leichen, Pferdekadaver, Kothaufen und Trümmer auf einem verlassenen Schlachtfeld. Und wer Ohren hat, hört, wie Hašeks Stimme sich eine ganze Oktave höher schraubt. Auch dieses Bild möchte sich ironisch einfärben, doch eigentlich ist es düster und schrecklich. Dabei ist es noch nicht einmal das wahre Bild vom Krieg. Es ist erst der Weg dorthin. Schwejk hat den wahren Krieg noch gar nicht erreichen können, Hašek bereitet erst vor, er scheint die Zeit absichtlich hinauszuziehen, als fürchte er, daß Schwejk den Toren umsonst gespielt hat, er muß der Apokalypse ins Auge sehen. Und selbst die wird nicht hinreichen! Und die dann noch folgen! Und das, was danach noch folgt. »Aber an K.s Gurgel legten sich die Hände des einen Herrn, während der andere das Messer ihm tief ins Herz stieß und zweimal dort drehte. Mit brechenden Augen sah noch K., wie die Herren, nahe vor seinem Gesicht, Wange an Wange aneinandergelehnt, die Entscheidung beobachteten. ›Wie ein Hund!‹ sagte er, es war, als sollte die Scham ihn überleben.« Laßt uns Schwejks letzten Satz suchen. Es wäre ungemein wichtig, ihn zu finden. Sie beide, die zwei Josefs, sie wären unser Mythos.

Im Traum bin ich ein Hund, ich sehe mich selbst als Hund, zugleich fühle ich aber auch, was ich sehe: Meine Beine sind mit einem Strick an meinen Körper gefesselt, ganz eng, als wäre ich mit einem Verband umwickelt, ich liege auf dem Rücken, was für einen Hund eine seltsame und unangenehme Sache ist, und kämpfe, um mich von den Fesseln zu befreien, bäume mich auf – es geht nicht.

Die Ellenbogen auf die Brüstung gestützt, betrachten sie das Meer. Ich bleibe stehen. Wir lächeln einander zu. Betrachten das Meer zu dritt.

Wenn die Natur wütet, läßt auch der Mensch seinen Trieben freien Lauf. Zehn Frauen, die während der Rettungsarbeiten vergewaltigt worden sind. Auf dem Dachboden, im Kahn, wo es gerade ging. Als das Wasser kam, flohen die Hühner in die Baumspitzen, und es gab welche, die durchkamen, sogar eineinhalb Wochen durchhielten. Die Hunde wurden ihrem Schicksal überlassen. Dieser fünfzehnjährige Hund war mit den übrigen Hunden geflohen, sie liefen im Rudel, nun ist er zum Haus zurückgekehrt, das das Wasser inzwischen zerstört hat. Er liegt im Schuppen, auf Lumpen. Er frißt nicht, rührt sich nicht, reagiert nicht auf Streicheln, zeigt keine Gefühle und nimmt keine an. Er bereitet sich vor aufs Sterben. Tiere wollen allein krepieren. Aber es scheint, als ob dieser schöne schwarze Hund nach den Erfahrungen der letzten Wochen weiß: Er muß sich nicht verkriechen, um allein zu sein. Er weiß inzwischen, daß jeder Augenblick seines friedlichen Lebens heuchlerischer Schein war, er gehört nicht zu den Menschen, er ist Hund, man hat ihn betrogen, seine Gefühle mißbraucht und ihn alleingelassen, als die Flut kam. Trotzdem konnte er nirgend woandershin zurückkehren als hierher. Wo er nur eine Nebenrolle in der Tragödie haben kann, sechzehnter Lanzenträger auf der Besetzungsliste ganz unten, was aber heißt, dort steht sein Name. Mit alternden Augen vor solche Probleme gestellt, kann er sich vielleicht auch nichts anderes wünschen als den Tod. Wir sitzen neben dem Hund, streicheln ihn, möchten ihn aus seiner Starre erlösen. Doch sein Blick ist schon fast glasig. Sein Schwanz eingezogen, das Fell glanzlos. Wir sprechen ihn an, er rührt sich nicht. Wir möchten ihn füttern, er öffnet die Schnauze nicht. Trinken will er auch nicht. Dann schnappt er ganz unerwartet und wild nach A.s Hand. Er beißt nicht zu, er läßt nur ein einziges tiefes Knurren hören und schlägt die Zähne aufeinander. Auch das ist unwahrscheinlich schnell und taub, als wäre es nur eine Erinnerung an einen vergessenen Instinkt. Als sagte er: »Versucht es nicht mit eurer verlogenen Liebe! Mich könnt ihr nicht mehr hereinlegen!« Eine einzige Wand ist stehengeblieben, blaßgrün mit Silber gemustert. In der Mitte baumelt an einem Nagel ein Hosenriemen. Botschaft von etwas, vom Leben. Umsonst. Am Abend brüllt T. in der Hitze der über unsere nationale Existenz ausgebrochenen Diskussion: »Ich lecke jeden beliebigen Arsch! Man zeige mir den Arsch, und ich lecke ihn! Nur soll niemand verlangen, nur das soll niemand verlangen, daß ich dazu auch noch gute Miene mache und auch noch freundlich sein soll!« Verwaiste Ruinen. Über den Brunnenrand neigt sich ein Nußbaum, an seinem Stamm lehnt ein zersprungener Spiegel. Es gibt nichts anderes mehr auf dem Hof als diesen zersprungenen Spiegel. Ein Hahn trippelt davor herum, sieht sich, kräht wild, springt den Spiegel an. Er versteht die Erfolglosigkeit seines Angriffs nicht. Wieder starrt er sich an, wieder attackiert er. Alles hier ist sinnlos. Der Brunnen, die zusammengebrochene Hausmauer, der Nußbaum, der Schatten des Nußbaums, der zersprungene Spiegel, die Aufregung des Hahns. Aber der Weinstock ist wichtig. Ein schmächtiger kleiner Stock vor Vater Ödöns Haus. Wenn wir die Mauer niederreißen, wird er darunter begraben, und wer weiß, wann der Kipper den Schutt wegschafft, unter dem Druck, ohne Luft würde der Stock bestimmt eingehen. Wir beraten, wie man ihn retten könnte. Vater Ödön sagt, es lohnt nicht, wir sollen die Mauer ruhig abreißen. »Es gibt Schlimmeres.« Es nieselt. Ihre heil gebliebenen Möbel stehen auf dem Hof. Schon seit einem Monat. Sie stellen sie nicht in den Schuppen, obwohl sie das tun könnten. Wir beschließen, aus Türflügeln ein Zelt über dem Weinstock zu bauen. Aber der Alte beteuert, daß das nicht nötig ist. Laßt uns diese Mauer endlich abreißen! Als der Staub sich gelegt hat, beginnt Vater Ödön, den Stock unter den Trümmern freizulegen. Es regnet bereits. Wir flüchten uns in den Schuppen. Auf den Schrank, den gepolsterten Diwan prasselt das Wasser herunter. Der Alte wischt mit seinen nassen Händen die Weinblätter ab. Stützt den Stock hoch. Seine Frau schält mitten auf dem Hof

Kartoffeln. Als nähmen sie den strömenden Regen gar nicht wahr. Auf dem Kirchhof schaufelt ein Mann den zu Matsch getrampelten Schlamm weg. Er hat Gummistiefel an. Es ist Sonntagvormittag, noch vor dem Gottesdienst. Ich bin in Sandalen, wenn ich in den Schlamm hinauswate, würde er mir bis zu den Knöcheln reichen. Der Mann bietet mir seinen Rücken an: »Na los, springen Sie auf!« Dabei lachen wir. Ich sehe sein Gesicht nicht, erinnere mich auch nicht daran. Nur an diesen Rücken.

Liebe: das mir einverleibte Erscheinungsbild, das Stück für Stück in mich eingegangene Ganze.

Zuerst entdeckte ich ihre Stirn. Dann ihre Augen. Später den Mund. Inzwischen küsse ich diesen Mund von innen, aus meinem Selbst.

Nicht von Gegenständen widergespiegelt: körperloses Licht.

Irgendeine Verdi-Oper wird gespielt, aber die Kassiererin kann uns den Titel nicht übersetzen. Das Foyer ist noch leer. Ein grauhaariger Herr kommt die Treppe herauf, er spricht drei Sprachen, wir dürfen wählen. Heute abend steht »Die Macht des Schicksals« auf dem Programm. Er redet auf uns ein, uns die Aufführung unbedingt anzusehen, er lade uns gern in seine Loge ein. Kann man sich hier eine Loge halten? Na sicher, er ist doch der Direktor! Wir lachen, und er drückt uns beiden lange die Hand. Oh, wir seien ihm keine Unbekannten, er habe uns schon auf dem Domplatz gesehen, ganz aus der Nähe, und V. werde ihm vielleicht das Kompliment verzeihen, aber er habe ihre Augenfarbe im Gedächtnis behalten. V.s Augenfarbe ist in der Tat eigenartig, wenn sie lacht oder verärgert ist, funkeln in ihrer Iris kleine goldene Pünktchen, und daher verzeiht V. ihm natürlich. »Siehst du, du Dummkopf, was für ein Glück wir haben, wenn du mit mir zusammen bist!« Wir machen einen Rundgang über den Domplatz. Der Direktor erwartet uns im Foyer und führt uns in die Loge. Mehrmals umarmt er uns beide, lacht, er dürfe das, er sei alt. »Was will der wohl von uns?« V. lacht kokett: »Merkst du nicht, daß er sich in mich verguckt hat?« Als der Zuschauerraum dunkel wird und die Ouvertüre erklingt, kommt der Direktor zurück und läßt sich vorsichtig auf dem leeren Stuhl neben mir nieder. V. lehnt ihren Kopf auf die samtbeschlagene Brüstung. Dann spüre ich etwas Warmes auf meinem Schenkel. Der Herr hat seine Hand daraufgelegt und vergißt sie dort. Er summt, hält den Takt, drückt aufs Fleisch. Und beschaut mein Gesicht. Ich überlege noch, ob das vielleicht die hiesigen Sitten sind, Südländer, ein ohnehin heißer Sommer, und im übrigen vielleicht nur ein Freundschaftszeichen. Dann klatschen wir, und mein Schenkel ist befreit. Ich rutsche auf dem Sitz weiter, damit er mich nicht erreichen kann, doch als der Vorhang aufgeht, ist seine Hand wieder da. Ich schlage, als sei es nur zufällig, mit dem Bein aus. Doch er beugt sich an mein Ohr, ich spüre seinen Atem, den Geruch seines Mundwassers. »Hast du's gemerkt, Lieber? Eine Lautsprecheranlage ist defekt! Wie goldig, dein kleines Ohr. Ich bin sofort zurück, keine Sorge!« Er eilt hinaus. Ich sage, wir sollten hier weg, doch V. versteht nicht, und als sie endlich versteht, ist keine Zeit mehr, denn die Logentür öffnet sich, und der Alte nimmt wieder Platz, diesmal aber hinter mir, weiter entfernt. Ich spüre jedoch seinen Atem im Nacken und rutsche deshalb wieder an die Stuhlkante. Das mißversteht er. Mit einer blitzschnellen Bewegung setzt er sich auf die freie Sitzfläche, umfaßt mit einem Arm meine Schulter und greift mir mit der freien Hand zwischen die Schenkel. Alvaro bedrängt seine Geliebte jedoch vergebens, Leonora zögert, da dunkle Ahnungen sie quälen, und sieh da, der verstörte Vater stürzt herein. Ich springe auf. V. sieht sich erschrocken um. Der Direktor, wie ein von Steinen verscheuchter Hund, springt auf seinen Platz zurück, sackt in sich zusammen. Den Marquis trifft ein tödlicher Schuß, und seine Tochter verfluchend stirbt er. Über dem Zuschauerraum geht der Kronleuchter an. V. sitzt bleich da, als wäre sie einer Ohnmacht nahe, sie ist kaum fähig, sich zu erheben, reibt sich die Schläfen: »Mir ist ganz schrecklich übel, ich fürchte, ich werde ohnmächtig.« Wir schleppen uns durch die rot ausgeschlagenen Flure, der Direktor stützt sie an einem Ellenbogen, ich an dem anderen. »Luft! Ich muß an die Luft!« V. kann die Worte kaum noch artikulieren. Ihre Lippen sind rissig, sie hechelt. »Taxi! Rufen Sie ein Taxi!« Der Direktor brüllt, im Foyer laufen mehrere Menschen los. Als die Droschke sich in Bewegung setzt und die Pferde von der Operneinfahrt trappelnd in die Straße einbiegen, lacht V. auf: »Siehst du, was für ein Glück für dich, daß ich hier bin!«

Strahlenförmige Wolken in Abbazia. Jetzt taucht die Sonne hinter den Bergen unter. Ein Dunstschleier, das Meer ist noch rosafarben. Irgendwo ertönt eine kleine Glocke. Die Wellen pulsieren leicht, als bewege sich ein atmender Körper. Ihr Bauch in den Atemzügen des Schlafs. Die Geschichte einer

Entbehrung. Ich kann mir ihr Gesicht nicht mehr zurückrufen, nur ihre Lippen, ihre vollen, fleischigen Lippen. Sie wartet vielleicht noch. Jetzt zieht sie den Bademantel über, sie friert schon. Vierhundert Kilometer weiter weg, in südwestlicher Richtung (und er dachte daran, daß das inzwischen egal sei, denn diese vollkommene Glut heißen Verlangens würde er nie mehr empfinden können). »*Mutti! Mutti! Komm! Komm her!*«*

»Und sag schon, mein Alter, hast du dir nicht eine von all diesen Schönheiten vorgenommen?« Der andere schwieg. »Na aber, mein Alter, wolltest du nicht oder konntest du nicht?« Auch darauf gab der andere keine Antwort.

Ich sehe einen ziegelförmigen, blutfarbenen kleinen Gegenstand, in seiner Substanz am ehesten an geronnenes Blut erinnernd, der mit mir identisch ist. Dieses lebende Etwas, das dennoch ein Jemand ist, jemand, der ich bin, spürt einen unbändigen Drang. Sich auszudehnen, nach allen Seiten zu explodieren. Aber meine Gestalt, der Ziegelstein, hat glatte Flächen und starre Kanten. Ich erwache.

Es war Mai, und ich glaubte, es ist bereits Hochsommer. Und dann kommt der Herbst, mit seinem langen Regen. Es ist Mai, versicherte ich mir, von den Pappeln schneit Watte. »Hören Sie? Sind Sie da? Sind Sie da drinnen? Ich geh raus, ich habe Tomatenpflanzen gekriegt und Paprika, ich geh raus und

* Kursivtext im Original deutsch

pflanze sie ein. Ich hacke nicht, die Hacke nehm ich nur mit, weil der Boden so hart ist. Wenn es regnet und die Schweine heimgetrieben werden, dann lassen Sie sie rein. Ich habe Tomatenpflanzen gekriegt, ich geh raus und pflanze sie ein.« – »Ist es nicht zu spät für Tomaten?« – »Wir machen das immer um diese Zeit, im Mai.«

(1976)

News

Die Zeichen der Zukunft: Bleigießen bei Fräulein Kayser, Hamburger Straße 7, Hof, Parterre links.

Um drei Uhr morgens stieß Gleiswärter Schröder bei der Blockstation sieben zwischen Reichendorf und Schönholz auf den Unglücksmenschen im Graben. Der Selbstmörder saß neben dem Bahndamm, wimmerte und stöhnte. Als Schröder sich die Situation näher besah, bot sich seinen Augen ein entsetzliches Bild. Der Mann saß ohne Beine da. Seine Beine lagen in Hosenfetzen auf dem Bahndamm. Trotz fürchterlicher Schmerzen konnte er noch Namen und Anschrift angeben. Wie sich herausstellte, hatte Müller sich unter den Güterschnellzug geworfen, war aber nicht auf der Stelle getötet worden. Da der Vorfall während der Nacht von niemandem bemerkt worden war, hatte er noch eine Zeitlang auf den Schienen gelegen und sich dann bis zum Graben geschleppt, die Beine auf dem Bahndamm zurücklassend. Der Gleiswärter eilte mit der Meldung zu seinem Vorgesetzten. Der sechzehnjährige Sohn des Bahnhofsvorstehers spannte sofort den Wagen an und fuhr den Unglücklichen nach Berlin, in das in der Müller-Straße gelegene Krankenhaus der Paul-Gerhardt-Stiftung. Dort verstarb der Selbstmörder Müller am ersten Tag des neuen Jahres um zehn Uhr morgens.

Im ersten Konzert des Jahres konnte das Publikum im Konservatorium Werke des als Kritiker bekannt gewordenen Komponisten Ernst Eduard Taubert hören. Über das im ersten Teil aufgeführte Quintett in B-Dur für Klavier und Blasinstrumente ist nur soviel zu sagen, daß es tödliche Langeweile verbreitete. Nach der Pause spielte das ausgeruhte Ensemble mit etwas größerer Lebhaftigkeit sein Streichquartett in fis-Moll, das vom Publikum mit viel Beifall aufgenommen wurde, ist das Werk doch geschickt konzipiert und thematisch gut aufgebaut, was ihm mangelt, ist einzig der Gedanke.

Laut Mitteilung des Hofes ist die Kaiserin an einer leichten Influenza erkrankt.

Frau ohne Angehörige, die schon von ihrer Situation her besonders ergeben zu sein verspricht, sucht Stelle als Aufseherin, egal wo. Arnds, Anklamer Straße 8, Hintertreppe, III. Stock rechts.

Die Tatsache, daß sich Dreyfus nie als Agent der deutschen Spionageorganisation betätigt hat, läßt seine völlige Unschuld wahrscheinlich werden.

Ilse! Freitag unmöglich! Nächste Woche? Achte auf die Sonntagsausgabe! Herzliche Grüße!

Das neue Jahr verspricht auch aus der Sicht der Österreichisch-Ungarischen Monarchie bedeutsam zu werden. In diesem Jahr muß sich endgültig entscheiden, ob dieses staatsrechtliche Gebilde, das so viele aufstrebende und rivalisierende Nationalitäten vereinigt, sich auf absehbare Zeit als genügend lebensfähig erweist. Die Zeit wird auch diese Frage mit Ja beantworten! In dieser Hinsicht hegen wir keine Zweifel!

Ein entsetzliches Verbrechen hat die Bewohner des Kreises Westhavelland in Aufregung versetzt. Erst jetzt ist die schreckliche Tatsache eines am dritten Weihnachtstag begangenen abscheulichen Lustmordes ans Tageslicht gekommen. An besagtem Tage besuchte der vierzigjährige, in Schönholz wohnhafte Arbeiter Fritz Müller seinen nördlich von Rathenow als Ziegelbrenner tätigen Bruder und gab dem Wunsch Ausdruck, dessen zehnjährige Tocher mitzunehmen, um mit ihr zusammen die Großmutter in Schönholz zu besuchen. Der Bruder gab hierzu auch seine Einwilligung. Später stellte sich jedoch heraus, daß keiner der beiden in Schönholz angekommen war. Auf Bitten des verzweifelten Vaters durchsuchten die Arbeiter einige Tage später den Wald und stießen dort auf die Leiche des Mädchens. Dank umsichtiger Ermittlungen wurden die Zusammenhänge aufgeklärt und die dunklen Geschehnisse ans Licht gebracht. Der Unhold hatte dem Mädchen noch am dritten Weihnachtstag ein Taschentuch in den Mund gestopft, es mit den Armen an einen Baum gefesselt und dann vergewaltigt. Danach tötete er es, indem er ihm zahlreiche Messerstiche am Hals beibrachte und seine Scham herausschnitt. Die Sachverständigen folgern aus verschiedenen Spuren, daß Müller gleich danach einen Selbstmordversuch unternommen hat, sich aufhängte und, als das mißlang, überdies die Adern aufschnitt. Er verblutete nicht, verband seine Wunden und schleppte sich in eine nahe gelegene Höhle, die er zuvor mit praktischen Gegenständen, Lebensmitteln und Getränken als wahre Lasterhöhle hergerichtet hatte und in der er trotz der großen Kälte die folgenden Tage verbrachte. Schließlich verließ er die Höhle in der Sylvesternacht doch und warf sich zwischen Reichendorf und Schönholz, bei der Blockstation sieben, unter den Güterschnellzug. Dort wurde er von Gleiswärter Schröder im Graben aufgefunden.

»Die Natur als Lehrmeisterin der bildenden Künste«, so lautete der klangvolle Titel des Vortrags, den Bauoberinspektor Körber im großen Saal der Urania-Gesellschaft in der Invalidenstraße angekündigt hatte. Der Oberinspektor legte dar, daß die Natur den Werken der bildenden Kunst schon seit jeher eine bewundernswerte Mustersammlung dargeboten habe, nun aber breche auch in dieser Hinsicht ein neues Zeitalter an. Nicht nur die Wissenschaft, sondern auch die Kunst werde Gegenstand revolutionärer Veränderungen! Wo die grobe Beobachtung bei der Erforschung der Natur nicht mehr ausreicht, eröffnet das tausendfach schärfere Auge des Mikroskops neue Dimensionen. So wird sich auch das Auge der bildenden Kunst schärfen müssen!

Der deutsche Botschafter Graf Münster versicherte der französischen Regierung im Zusammenhang mit dem Prozeß gegen Dreyfus, daß er unter Verzicht auf sein Exterritorialrecht bereit sei, vor dem Gericht zu erscheinen und auf Ehre und Gewissen zu bezeugen, daß seitens des unter seiner Leitung stehenden Amtes oder irgendeiner Persönlichkeit dieses Amtes niemals eine Verbindung mit Hauptmann Dreyfus bestanden hat. Die französische Regierung lehnte das Angebot ab.

Nach unseren Informationen nimmt der Kaiser persönlich an der bevorstehenden Krönungsfeier der Königin von Holland teil.

Hygienisches Verhütungsmittel von Dr. Gutmann. Aber kein Gummi! Seit vier Jahren ärztlich als das sicherste anerkannt. Das halbe Dutzend 1 Mark 50. Ein ganzes Dutzend 2 Mark 50. Berlin, Dresdner Straße 78.

Zur Regelung der Dienstzeiten von Gleiswärtern, Telegraphisten, Rangiermeistern, Rangierarbeitern sowie Lokomotivführern wird ein Gesetzentwurf vorbereitet. Der Entwurf sieht für Lokomotivführer eine Dienstzeit von täglich 12 Stunden vor, am Tag des Dienstwechsels können es auch 14 Stunden sein. Nach dem Entwurf soll die Dienstzeit von Gleiswärtern bei Tätigkeit auf offener Strecke, im Tagdienst oder in begrenzter Nachtschicht die gesetzmäßigen 14 Stunden nicht überschreiten, darf bei einfachem Betriebsdienst aber auch auf 16 Stunden ausgedehnt werden. Allen Diensttuenden, die dauerhaft im Betrieb beschäftigt sind, muß monatlich mindestens ein Ruhetag gewährt werden. An jedem zweiten, mindestens aber jedem dritten Sonntag muß der Belegschaft die Möglichkeit gegeben werden, am Gottesdienst teilzunehmen.

Zugunsten des Schusters und Anarchisten Hermann Ruff ist von seinen Genossen eine umfängliche Sammlung durchgeführt worden. Ruff wird in diesem Monat nach fünfeinhalbjähriger Zuchthausstrafe aus der Strafanstalt in Halle entlassen. Die Genossen können ihm einhundert Mark zur Verfügung stellen.

Dreyfus wurde verurteilt, und zwar aufgrund der Behauptung der Anklageschrift, er hätte eine Spionagetätigkeit zugunsten Deutschlands ausgeübt. Er ist also unschuldig verurteilt worden! Alfred Dreyfus, der unglückselige Gefangene der Teufelsinsel, richtete folgenden Brief an Innenminister Barthou: »Herr Minister! Im Sinne Ihrer Order habe ich den Besuch von Major du Paty de Clam empfangen und ihm abermals erklärt, daß ich unschuldig bin und mir nicht das geringste Subordinationsvergehen habe zuschulden kommen lassen. Man hat mich verurteilt. Es gibt keine Gnade, um die ich ersuchen könnte. Doch um der Ehre meines Namens willen, die ich Hoffnung habe, eines Tages zurückzuerhalten, fühle ich die Pflicht, Sie zu bitten, daß Sie die Ermittlungen fortsetzen. Ermitteln Sie auch dann, falls ich endgültig verschwinden sollte. Ermitteln Sie stets weiter. Das ist die einzige Gnade, die ich verlange.«

Deutsche Reisende, die der Winter in den Süden treibt und die in San Remo Quartier nehmen, werden nur selten von der Tatsache berührt, daß dort heute nichts mehr an den einstigen Aufenthalt Kaiser Friedrichs erinnert.

Ballkleid, gelbe Seide, dekolletiert, geeignet für kleine und zierliche Dame, bereits getragen, billig abzugeben. Klara Ratz, Puttkamer Straße 14. Hinterhaus, dritter Stock links.

(1974)

Freiheitsübungen

Strahlender Sonnenschein, später kommt Bewölkung auf. Rasch wird der Müll abtransportiert. Oben auf der Mülltonne liegen zwei ausgetretene Damenschuhe. Der Müllmann bemerkt sie nicht, und als er die Mülltonne hochhebt, segeln die Schuhe zu Boden. Der eine schlittert mitten auf die Fahrbahn, der andere landet auf dem Gehsteig, vor dem Haustor. Der Müllmann spürt den fremden Gegenstand erst unter den Füßen, als er weitergeht. Er hebt ihn auf, will ihn hineinwerfen, doch der dröhnende, alles verdauende Rachen des Müllwagens ist bereits zugeklappt, und der Schuh fällt auf die Straße. Er hebt ihn auf, der Wagen ist losgefahren, er rennt hinterher. Der andere Schuh bleibt vor dem Haustor liegen.

Nach einer Stunde ist er verschwunden. Inzwischen hat es leicht geregnet. Der leere Asphalt glänzt.

Der Hügelrücken, auf dem das Dorf hingestreckt liegt, vor allem aber die beiden langen Täler zu beiden Seiten hatten sich meinem Gedächtnis tief eingeprägt. Für Jahrzehnte. Mit der Zeit wurden sie zu einem wiederkehrenden Traum. Ja, sagte ich am Morgen zu mir, das war das Tal von Gombosszeg. In meinen Träumen stand es immer für eine vorgeschichtliche Zeit. Vor sechzehn Jahren dann bin ich hierher zurückgekehrt.

Im Hof des verlassenen Hauses stand ein riesiger Wildbirnenbaum. Seither lebe ich mit ihm.

Vieles hat sich in den letzten zehn Jahren verändert. Der kommunistische Chefredakteur der literarischen Wochenzeitung schreit mir nicht mehr ins Telefon, wir lebten im Land der Heiligen Jungfrau Maria und ich solle zur Kenntnis nehmen, daß ich unter seiner Ägide niemals schreiben könne, das Fotomodell habe spärliches Schamhaar. Der Satz sei zu streichen. Beim Kampf um die persönliche Freiheit ist das kein Thema mehr. Oder anders: Ich gefährde die jahrhundertelangen nationalen Unabhängigkeitsbestrebungen in keinster Weise, wenn ich etwas extravagant und penibel das Schamhaar eines Modells beschreibe. Die Nation ist unabhängig, und sollte ihr Gefahr drohen, dann nicht von dieser Seite.

Nicht nur zehn, sogar zweihundert Jahre reichen nicht aus, um die charakteristischen Nationaleigenschaften zu verändern.

Ebensowenig wie Baron Eötvös will es mir in den Kopf, was für eine Zerstörungslust die ungarischen Bauern dazu treibt, jeden größer gewachsenen Baum zu fällen. Sie tun es auch dann, wenn keine Notwendigkeit besteht. Gefällt fault der Baum dann vor sich hin, sie rühren ihn nicht an. Offenbar ist ihre einzige Zeiterfahrung mit Angst verbunden, als ob das bloße Wachsen und Sprießen sie an die Kürze und Trostlosigkeit ihres Lebens erinnern würde. Oder sie wollen alles immer von vorn beginnen. Weg mit dem, was alt ist und noch lebt. Im Sommer, bei Begräbnissen, wird auf dem kleinen Dorffriedhof regelmäßig jemand ohnmächtig vor sengender Hitze, trotzdem haben sie die Linde neben der Aufbahrungskapelle gefällt, nur weil ihr Laub die Dachrinne berührte. Im Nachbardorf wurde eine fast fünfzig Jahre alte Platanenallee gefällt, weil die Bäume im Herbst »Abfall« produzierten. Was aber den Schnellzug von Zalaegerszeg nach Budapest anbelangt, so haben zehn Jahre politischer Freiheit nicht nur seine Fahrzeit verlängert, seit dem Zusammenbruch des Weltimperiums sind auch seine Wagen nie mehr gereinigt worden. Weder außen noch innen, was vielleicht niemanden stört. Die Fenster sind an mehreren Stellen mit Kotze, Rotz und anderem verschmiert, aber man kann sie weder schließen noch öffnen. So reisen wir denn im Gestank. Manche schmutzige Fenster klemmen auf halber Höhe, so daß im Winter Schnee auf den Sitzen liegt, während im Sommer der von Fett und Ruß dunkel gewordene weinrote Plüsch die Wolkenbrüche aufsaugt.

Sehr vieles muß sich verändern, damit alles beim Alten bleiben kann, sagte der alte Fürst Lampedusa, und mit diesem Satz läßt sich die Lage der ungarischen Öffentlichkeit bestens charakterisieren. Wo die Isolation vergöttert wird, gibt es keine Veränderung. Möglicherweise pflegen und verteidigen die Mitarbeiter der Print- und elektronischen Medien ihre Isolation heute noch leidenschaftlicher als in früheren Zeiten. Jetzt ohne Zwang, pfeifend, freiwillig. Die ungarische Gesellschaft scheint ihren ureigenen geschichtlichen Charakter just in diesem Zustand der Isolation erkennen zu können.

Wäre es anders, hätte sie in den letzten zehn Jahren wohl verhindert, daß der Horthyismus und Kadarismus mit erhobenem Haupt, Hand in Hand, in die Gemeinsprache einziehen, von wo sie nicht mehr entfernt werden können. Was verglichen mit früher nur eine klitzekleine Veränderung bedeutet. Niemand rechnete damit, daß der kritische Geist so massiv versagen würde. Vor zehn Jahren konnte jedermann sich selbst und seine Mitbürger in der Hoffnung wiegen, die Ausübung der politischen Freiheitsrechte würde das Land zwangsläufig aus seiner kulturellen und mentalen Isolation herausführen, womit auch die unangenehmen Einsprengsel früheren Sprachgebrauchs eliminiert würden. Doch es kam anders. Aus solchen Einsprengseln baute sich die Gemeinsprache auf, und was das Ende der historischen Isolation betrifft, so fehlt es dafür sichtlich an einigen Grundvoraussetzungen, die von der ungarischen Gesellschaft mangels Selbstreflexion nicht erkannt worden sind.

Aber ich möchte nicht von so großen Dingen reden. Ich halte mich lieber ans Kleine. Es reicht, vom chronischen und charakteristischen Fehlen einiger literarischer Gattungen zu sprechen.

Weder in den Print- noch in den elektronischen Medien gibt es den Nachruf oder die Buchbesprechung.

Der Tod bedeutender – ungarischer oder ausländischer – Persönlichkeiten trifft die Redakteure offensichtlich ebenso überraschend wie das uninformierte Publikum. Was sie früher nicht wußten, schert sie auch heute nicht. Quantität und Qualität der Nachrufe deuten darauf hin, daß man in Redaktionsstuben den Begriff des vorbereiteten Nachrufs schlicht nicht kennt und daß Nachrichten weder laufend ausgewertet noch archiviert werden. Wahrscheinlich fehlt es an gut ausgestatteten Archiven, entweder werden sie von Mitarbeitern nicht benutzt oder sie enthalten hauptsächlich Material aus Zeiten des Ancien Régime. Da kann es sich um eine noch so bedeutende Persönlichkeit handeln, in der Presse wird ihr Tod abgehandelt, indem einer eilig ein paar persönliche Eindrücke zum besten gibt und diese Belanglosigkeiten dann irgendwo unterbuttert. Oder nicht einmal das. Es gibt Zeitungen, die das Genre des Nachrufs schlichtweg von ihrer Liste gestrichen haben. Der Tote fährt besser, wenn er Ausländer oder Filmschauspieler war, ein Wissenschaftler, Musiker, Tänzer oder Architekt ist der Presse höchstens eine kleingedruckte Notiz wert.

Noch größere Ignoranz kennzeichnet die ungarischsprachigen elektronischen Medien. Wenn sie denn überhaupt vom Tod oder Begräbnis einer bedeutenden Persönlichkeit berichten, so wimmelt es von falschen Angaben und Oberflächlichkeiten, was einer Bloßstellung gleichkommt. Besser, die Person hätte nicht gelebt, nicht gearbeitet, wäre nicht gestorben. Die Rundfunkleute finden keine Tonaufzeichnungen, die Fernsehleute keine Aufnahmen. Weder am Todestag noch in den darauffolgenden Tagen und Wochen wird in irgendeiner Sendung auf den Verstorbenen hingewiesen. Die großartige Geste einer raschen Programmänderung ist nicht bekannt. Stimme und Gestalt des Verstorbenen finden nicht den Weg in unser Gedächtnis.

Wo es keine Erinnerung gibt, gibt es zwangsläufig auch keine Jahrestage. Dieser Jemand, der stirbt, hat im Bewußtsein der Allgemeinheit kein Geburtsdatum. Weder die jüngere noch die ältere in- oder ausländische Vergangenheit erfährt eine kritische Rezeption. Es gibt keine ungebührlich Vergessenen, die plötzlich entdeckt würden. Im Klartext: Auch die von bedeutenden Persönlichkeiten bewirkten Prozesse werden nicht faßbar, da nirgends zu sehen, zu hören und zu lesen ist, warum sie bedeutend waren. Was aber nicht zur Sprache kommt, darüber läßt sich nicht diskutieren.

Womöglich hat das damit zu tun, daß schon den Werken dieser Personen keine systematische Rezeption zuteil wurde. Für die wissenschaftlichen gilt das auf jeden Fall. Mit Tanz, Architektur, bildender Kunst und Musik verhält es sich nicht anders. Es fehlen ausgebildete und journalistisch begabte Fachleute. Es fehlen Presseerzeugnisse, in denen zumindest fallweise aus philosophischer, kunstgeschichtlicher oder wissenschaftshistorischer Sicht auf die möglichen Zusammenhänge großer Errungenschaften reagiert würde.

Es gibt keine Tageszeitung, die regelmäßig über aus- oder inländische Neuerscheinungen informiert, seien es wissenschaftliche, politische, literarische oder Kunstbücher. Literaturkritik ist, im Sinne einer traditionellen, literaturzentrischen Auffassung, ansatzweise vorhanden, alles übrige aber wird so gut wie nicht wahrgenommen. So haben wir denn kein neues, unzensiertes Bild einer Kultur, in der jedem ein neuer Platz zustünde. Noch immer wissen wir nichts über die herrschenden Tendenzen und deren Zusammenhänge. Während in jenen Blättern, in denen ab und zu eine Buchbesprechung erscheint, die sogenannte neue ungarische Rezension grassiert. Aus solchen Rezensionen erfahren wir nicht, was in einem Buch steht und wie sein Stellenwert in der jeweiligen Fachkultur zu veranschlagen ist, vielmehr teilt uns der Rezensent seine sehr persönlichen Leseeindrücke mit. Die ungarische Kulturberichterstattung ist, was geistige Prozesse anbelangt, völlig unorientiert, sie verläßt sich größtenteils auf Zufall und Improvisation. Ganz offensichtlich liest niemand am Donnerstag die *Libération* und *Die Zeit*, am Freitag *Le Monde*, am Samstag die Beilagen der *New York Times*, der *Frankfurter Allgemeinen*, der *Frankfurter Rundschau* und der *Neuen Zürcher Zeitung*, oder wenn er sie liest, dann gibt er die Informationen nicht weiter, beziehungsweise zieht keinen Nutzen daraus. Andernorts werden jedoch lebhafte Dialoge geführt. Davon sollten wir rechtzeitig Kenntnis nehmen.

Vor zehn Jahren konnte man angesichts solcher Ungeschlachtheit noch sagen, in der Republik würde sich das allmählich ändern. Heute muß man eher feststellen, daß der in Zeiten der Rechtsgleichheit lebende Ungar auf derlei Informationen wohl ebensowenig erpicht ist wie früher unter der faschistischen und kommunistischen Diktatur. Hätte er ein Bedürfnis danach, würde sich gewiß mancher beeilen, sein Bedürfnis zu befriedigen.

Wer nur ungarische Zeitungen liest, ungarisches Radio hört und ungarisches Fernsehen schaut, erfährt nicht nur nicht, was vor sich geht und ging, wie es zu dieser oder jener Entwicklung gekommen ist, er begreift auch nicht, wie das alles mit dem Rest der Welt zusammenhängt. Er fragt sich nicht, ob die Wirklichkeit seiner eigenen Welt andere unwirklich anmutet. Wer seine eigene Isolation liebt, braucht nicht zu fragen, wofür er sich interessieren soll.

Die Pressefreiheit, meine lieben Brüder, ist nicht einfach ein verfassungsrechtlicher Zustand, sondern ein von freien Bürgern herbeigeführter verfassungsrechtlicher Zustand.

»Wenn wir es uns genau überlegen, sind wir heute weniger frei als die Sklaven im Altertum. Du stehst immer zur selben Zeit auf, begibst dich immer an den selben Ort, tust immer dasselbe. Du kannst nicht frei in kaiserlichen Wäldern jagen, und auch die Straße darfst du nur überqueren, wenn die Ampel auf grün steht«, schreibt ein Leser.

Hervé Guibert erzählt in seinen letzten beiden Büchern genau das Gegenteil. Wie freie Menschen gerade in einer Zeit umkommen, welche die Möglichkeiten menschlicher Freiheit für unbegrenzt hält. In einer Zeit, da die Anhänger verschiedener Religionen, die Frauen, die Schwulen und die Farbigen nach blutigen Scharmützeln und langwierigen rechtlichen Prozeduren sich endlich die feierliche und öffentliche Anerkennung ihrer Gleichheit vor dem Gesetz erkämpft und die unermüdlichen Aktivisten diverser Emanzipationsbewegungen, die – aus behaupteten oder echten Gründen solidarischen – Mitglieder von Minderheiten sich nach ihren großen Siegen gerade zur Ruhe gesetzt haben.

Zwischen dem Unglück und dem Ausmaß erkämpfter individueller Freiheit besteht kein kausaler Zusammenhang. Man kann höchstens feststellen, daß die Emanzipationsbewegungen weit mehr Probleme mit sich brachten, als erwartet oder angenommen worden war. Probleme, die weder dadurch gelöst werden können, daß universale Menschenrechte geltend gemacht, noch dadurch, daß aufklärerische Mittel eingesetzt werden. Dabei ließ sich doch alles so schön an. Es machte den Anschein, als hätten die großen institutionellen Kirchen, die Weißen, die in Horden lebenden Rassisten und die kämpferischen Hetero-Stammeshäuptlinge ein für allemal abgedankt.

In dieser phantastischen Zeit haben die selbstbewußteren Frauen die Empfindsameren der notorischen Heteros sogar dazu gezwungen, einen Unterschied zwischen Kitzler und

Scheide zu machen. Denn das reicht nicht, einfach rein und spritzen. In diesem phantastischen Jahrzehnt haben die Schwarzen – über ihre Rechte hinaus – ihre Schönheit entdeckt. Wie Pilze schossen kleine Kirchen und Sekten aus dem Boden. Die Sadisten, Masochisten und Onanisten haben ihre eigenen Vereine und Zeitungen gegründet, zu einer speziellen Gruppe schlossen sich die radikalen Lesben zusammen, die jeglichen Kontakt zu Männern ablehnten, da sie die schiere Möglichkeit einer Penetration mit politischer Unterdrückung gleichsetzten. Wieder eine andere Gruppe bildeten jene gemäßigten Frauen, die sich von schwulen Männern ein Kind machen ließen, und in speziellen Kreisen und Bars, durch unterschiedliche Kleidung, Haar- und Barttracht machten jene Männer auf sich aufmerksam, die orale, anale, urinale oder fäkale Freuden bevorzugten beziehungsweise nach ihnen jagten, sei es in Lackleder, aktiv oder passiv.

Als der dritte Band von Michel Foucaults großer »Geschichte der Sexualität« erschien, schlug der Blitz ein.

»Mein armes Häschen, was bildest du dir nur ein«, sagte der damals schon todkranke, seine Krankheit bis zum Schluß geheimhaltende Philosoph eines Abends zu seinem jungen Freund.

Hervé Guibert war tags zuvor aus Mexico zurückgekehrt, und da er im Flugzeug plötzlich Fieber bekommen hatte, war er auf die ominöse Idee verfallen, er habe Aids.

»Wenn jeder Virus, der in diesen Chartermaschinen ständig um den Erdball kreist, tödlich wäre, wäre die Erde längst entvölkert.«

Ein seltsamer Trost aus dem Munde eines Kranken, der jede Phase des Krankheitsverlaufs kennt. Den vierten Band seines Opus magnum konnte Foucault nicht mehr abschließen. Und Guibert, den er in der Küche seiner Wohnung in der Rue du Bac »mein Häschen« genannt hatte, ist heute ebenfalls tot.

Sein Stoffwechsel sei so beschaffen, schrieb er selbst, daß er von Luft (und ein wenig Bier) zu leben vermöge. Er war dünn wie ein Faden. Nur konnte man ihn wegen seines großen Kopfs nirgends einfädeln.

Wenn ich zufällig seinen großen Kopf erblickte, ärgerte ich mich, daß ich ihn noch immer nicht fotografiert hatte. Was bin ich für ein verantwortungsloser, gefühlloser Trottel, indem ich zulasse, daß das Leben anderer unbemerkt an meinem vorbeizieht. Mit seinem Bart, den großen Ohren, den komplizierten Hautkratern und Pockennarben, mit der knolligen, fleischigen Nase, und der breiten und dicken, alles verschlingenden Unterlippe war er für ein solches Vorhaben geradezu prädestiniert. Hinzukam, daß die starken Details dieses Gesichts nicht zur Ruhe kamen vor lauter Gekicher, Gelächter, Grimassen und Ticks. Ich konnte mir gut vorstellen, wie das klassische Gegenlicht über dieses unruhige Relief strich.

Schiere Fläche, das Licht würde ihn nicht einmal berühren. Das war der eine Haken. Anderseits hätte es mir die Sache erleichtert, daß ihn das Fotografieren so gar nicht interessierte. In der Straßenbahn Nummer Achtzehn, zwischen Südbahnhof und Moszkva-Platz, fragte ich ihn, was er davon halte. Er setzte seinem Gesicht ein Strahlen auf und grinste eklig, indem er seine nikotinschwarzen Zähne entblößte. Offensichtlich gab ihm die Frage einen Ruck, seine körperliche Eitelkeit aufzurichten, aber er sank zurück. Statt seiner antwortete

Maja, als wäre sie verantwortlich für alle weltlichen Dinge, aber auch sie tat es nur aus Höflichkeit. Im übrigen wäre es schwierig gewesen, einen einzigen Gesichtsausdruck aus der Unendlichkeit möglicher Variationen auszuwählen; auch das hat mich gebremst. Ich konnte mich nicht entscheiden.

Und ich hätte beachten müssen, daß es nicht um die selbständigen Regungen des großen Kopfes ging, sondern um das Zusammenspiel zwischen dem unscheinbaren Körper, den er in zwei Nummern zu große Wintermäntel hüllte, und dem großen Kopf. Wenn er an etwas zweifelte, und das kam häufig vor, lächelte er zum Beispiel trocken-arglos aus seinem Bart heraus, während er eine seiner dicken Augenbrauen streng hochzog, und auf derselben Seite, unangenehm spitz, auch die Schulter. Selbst seine Stimme hob sich vom sinnlich gefärbten Baß der Sicherheit zu einem schrillen Fiepen. Womöglich schämte er sich, sein Gedankenfieber so zur Schau zu stellen. Mit seiner hochgezogenen Augenbraue sah er aus wie ein strenger Schulmeister, während seine dünne kleine Schulter einem quengeligen Jungen zu gehören schien. Obwohl der Gesamteindruck der war, daß er Meinungen nicht mochte, am allerwenigsten die eigenen. Was sich besonders in der Demokratie bemerkbar machte.

Alles in allem sind das aufregende Details, aber doch nur die Hülle. Mit unbeirrbarer Sicherheit hielt er die Zigarette und das Glas in seiner raubtierhaft gierigen Hand, unbekümmert um alles, was in seinem großen Kopf oder um ihn herum geschah. Im Laufe vieler Jahre hatte er eine Meisterschaft entwickelt, beides gleichzeitig zu halten, in einer Hand. Die Geste war schön, eindrucksvoll. Mal tat er einen Zug, mal nahm er einen Schluck, sein großer Adamsapfel bewegte sich.

Er war Komposition und Dirigent in einem. Die Leidenschaft trägt einen weit, und die verinnerlichten Verhaltensweisen tun das Ihre, um ein Zurück weitgehend zu verhindern. Wahrscheinlich wurde dieser Beweis zum stabilen Kontrapunkt der Wechselhaftigkeit der tektonischen Kräfte, und der Tremor der Hand war lediglich die Begleitstimme der körperlichen Schwäche.

Vielleicht fiel es nur wenigen auf, wie er das Gesicht hinter seinen starken Gesten verbarg. Er schaute von irgendwoher, von ganz woanders. Schwer zu sagen, von wo. Jedenfalls aus einer Dauer, die sich dem Tremor entzog.

Einmal machten wir in Gegenwart verdutzter Zeugen eine Wette, wer von uns beiden mit der schrecklicheren Geschichte aufwarten könne. Wir befragten nicht unsere Phantasie, sondern verglichen, wer sich tiefer in die Schrecken der Welt hineinwagt. Ich ging so an die Sache heran, daß ich verlor. In seinen frühen Gedichten kann man noch die Spuren einer Ästhetik klassischer Schönheit (an der ich bis heute störrisch festhalte) erkennen, aber sie werden in dem Moment sichtbar, da das Krokodil des modernen Häßlichkeitskultes ihre letzten Knöchelchen zermalmt hat. Aus unsern Ritterturnieren bin dann doch ich als Sieger hervorgegangen. Was mich in bezug auf die Natur der ästhetischen Ansichten lange nachdenklich stimmte. Denn keiner hat es in der Erkenntnis der rohen menschlichen Substanz weiter gebracht als er. Da gibt es keine Schönfärberei, keine Heuchelei, da kann die Illusion nicht einen Millimeter Fuß fassen. Wobei das wohl zur attraktiveren Oberfläche seiner Dichtung gehört. Geheimnisvoller ist, wie er die Brutalität des Anblicks, der sich ihm bot, neutralisierte oder unschädlich machte, wie er die Ironie, die

Selbstironie gegenüber der eigenen Brutalität dosierte, um andere zu schonen, während er ihre täglichen Lügen ohne jede Grausamkeit vom Tisch wischte. Und noch rätselhafter erscheint seine Zartheit, die ihn zur edlen Schutzgeste bewog, nachdem er sie erfolgreich von Sentimentalität und Selbstmitleid befreit hatte.

Das hieße mit andern Worten, daß eine sachliche Sicht nicht Hindernis, sondern Bedingung der Menschenliebe ist, und die Güte, wie immer wir sie betrachten, nicht gleichzusetzen mit fehlender Brutalität.

Mit einem seiner letzten Gedichte hat er mich besonders überrascht. Denn auch das hat er stillschweigend hingenommen, daß seine Allernächsten die Dichtung in ihm liebten, nicht ihn selbst. Und so hat er unter allen Scheusalen auch seine Lieben in die Verse eingebracht.

Vielleicht ist das ungerecht, aber dann liegt es an der ungerechten Natur der Welt. Er erweckte tatsächlich den Eindruck, als gäbe es ihn nicht, und warum sollte da die Dichtung nicht wichtiger sein. Es gab ihn wirklich nicht. Stellvertretend schickte er seinen gefallenen Engel aus, damit dieser uns ein Menschenleben vortäusche. Hätte es einen György Petri in Tat und Wahrheit gegeben, wäre dieser von all dem Schnaps, Wein und Bier längst umgekommen. Einmal – bei der Beerdigung von Bibó – faßte ich ihn an der Schulter und spürte, daß meine Hand ins Leere griff. Das war seltsam und überraschend, denn wenn man ihm die Hand gab, war seine körperliche Präsenz sehr spürbar.

Ich mußte ihn etwas rüber schieben. Weil ich bemerkt hatte, daß ich neben Gyula Illyés stand, und weil klar war, daß auf dieser Beerdigung, in diesem historischen Moment, dieser Platz nicht mir, sondern ihm gebührte. Er protestierte ein wenig, begriff aber sofort, worum es ging, und wir mußten beide kichern. Vor uns war ein Kollege gerade dabei, auf den Auslöser zu drücken. Als er durch den Sucher sah, muß ihn der schnelle Platzwechsel hinter dem Grab erstaunt haben, denn er wußte damals erst von einem großen Nationaldichter. Zum Glück hat er das Foto gemacht.

Seither sind auf einem Negativ, in der Tiefe irgendeines Archivs, die zwei großen Nationaldichter zu sehen, wie sie nebeneinander vor einem offenen Grab stehen.

Ich habe ihn nur flüchtig gekannt.

In seiner Nähe fühlte ich mich sehr sicher. Aber ich suchte seine Gesellschaft nicht. Einmal, vor langer Zeit, gab es eine Woche, in der wir uns jeden Abend unterhielten, bis tief in die Nacht.

Je mehr er trank, desto klarer, desto luzider wurde sein Denken. Als ich vor Müdigkeit zusammenbrach, brillierte er schmerzlich.

Seit sechzehn Jahren lebe ich in der Nähe dieses Baums. Ich habe nicht das Haus, nicht den Hof, nicht das dazugehörige Land gekauft, sondern den Wildbirnenbaum. Doch habe ich nie das Gefühl, mit dem Kauf sei der Baum in meinen Besitz übergegangen. Wir sind zum Baum gezogen. Gekauft habe ich mir höchstens das Recht, ihn jeden Tag, zu jeder Jahreszeit aus der Nähe zu beobachten.

Auch mit viel Erfahrung auf dem Buckel läßt sich schwer beantworten, ob der Mensch ein Einzel- oder ein Herdenwesen ist. Um diese Frage kommt keiner herum. In jüngeren Jahren scheint man Bescheid zu wissen, sucht sich einen Partner, zeugt Kinder, zieht sie auf, doch proportional zu den Jahren nimmt die Gewißheit ab.

Es geht nicht darum, ob der Mensch in einem sozial reglementierten Verband lebt. Das tut er natürlich.

Die Frage lautet vielmehr, warum er, da er nun einmal in sozial reglementierten Verbänden, in Familien, Herden, Horden, Stämmen, Nationen, Staaten lebt, bei der erstbesten Gelegenheit dagegen aufbegehrt, warum er ausgerechnet jene Formen überwinden, zerschlagen, umgehen will, die seinem Leben einen Rahmen geben, warum er, allein und in Gruppen, Abweichungen entwickelt, die ihn für andere unnahbar und ungenießbar machen. Warum verschleißt, untergräbt, plündert, verwüstet er den Staat, wenn er ohne ihn nicht leben kann. Diese Diskrepanz kommt in den modernen Massengesellschaften mehr zum Vorschein als in den archaisch-geschlosseneren Gemeinschaften, obwohl es auch dort genug Dorfnarren, Diebe und Strolche gibt.

An den Rändern der modernen Gesellschaften ringen riesige Massen von Nomaden und Außenseitern nach individueller Freiheit, obwohl sie damit nichts anzufangen wissen. Der Sinn ihres Lebens erschöpft sich in einer frühen Rebellion, unter deren Folgen sie zeitlebens zu ächzen haben. Ausserdem unterscheiden sie sich kaum von jenen großen grauen Massen, die auf Kosten ihrer persönlichen Freiheit ein ausgeglicheneres Leben führen und, um ihrer Individualität Rechnung zu tragen, auf spezielle Ausschweifungen angewiesen sind. Diese nach Revolte aussehenden und zugleich geschäftsmäßig vermarkteten Ausschweifungen haben die modernen Massengesellschaften unmerklich zur Magie zurückgeführt, obwohl ebendiese Gesellschaften auf ihre aufgeklärten psychologischen Kenntnisse, auf ihr Streben nach geistiger Transparenz und Zuverlässigkeit nicht ganz verzichten mögen. Ihre gesamte Administration, die Entwicklung und Aufrechterhaltung ihres technischen und technologischen Instrumentariums, steht und fällt mit der Verfeinerung der Vernunft. Sie ringen, balancieren, pendeln zwischen Magie und Ratio. Die Massen vermögen den zeitgenössischen technischen und technologischen Kenntnissen nicht durch entsprechendes geistiges Wissen zu folgen, sie sind aber auch nicht in der Lage, die immense Kluft auszufüllen. So daß es gewissermaßen zwangsläufig zu einer mentalen Regression der modernen Massengesellschaften kommt. In immer neuen Schüben entfaltet die Modernisierung technische Fertigkeiten, während sie in mentaler Hinsicht leere, unausfüllbare Flecken hinterläßt.

Kein Wunder, daß riesige Menschenmengen sich von den ärmlichen Angeboten und Versprechen des Verstandes abwenden und Zuflucht bei Riten, Mythen und der Magie suchen, bei alledem, was nichts mit individuell erworbenem Wissen zu tun hat. Früher waren es Popkonzerte, wo sich angestaute Aggression und Zerstörungswut entluden, heute sind es – auf weit gefährlichere Art – Fußballspiele.

Tatsache ist, daß die Kategorie der Schuld von der Tagesordnung gestrichen wurde. Zwischen schlecht und gut, zwischen schön und häßlich gibt es keinen Unterschied mehr. Im täglichen Diskurs gilt es, sich vor solchen Qualifikationen zu hüten. Mord und Sex wurden zu Phänomenen kultischer Zurschaustellung, zu magischen Phänomenen. Sie lösten nicht nur das geistige Wissen ab, sondern auch die Strenge und

Askese von Selbsterkenntnis und Selbstbeschränkung und deren ständiges Training. Somit haben sie die früheren, individuellen psychologischen Schulen nutzlos gemacht.

Er unterhielt sich gerade mit jemandem. Derweil stand ich vor meinem Bücherregal und versuchte eine Liste von Büchern zusammenzustellen, die er nach meiner Ansicht unbedingt kennenlernen sollte. Ich wollte ihm Bücher vorschlagen, die seine Kenntnisse von meiner Heimat erweitern konnten. Das war nicht einfach, denn die Ungarn zeichnen sich durch vieles, nur nicht durch Selbsterkenntnis aus. Er hatte schon über die Schweden, die Italiener, vielleicht auch über die Norweger geschrieben und war nach Budapest gekommen, um hier sein Unterfangen fortzusetzen.

Im Hinblick auf meine potentielle Liste stellte sich nun die Frage, welche Sprachen er spricht beziehungsweise liest.

Er wandte sich mir zu, gleichsam aus dem vertraulichen Gespräch heraus, aber nur flüchtig, um im nächsten Augenblick dahin zurückzukehren. »Die europäischen Sprachen«, erwiderte er. Vielleicht zählte er sie nur darum nicht auf, um mit seinem Wissen nicht zu prahlen und sich wegen seiner Prahlerei nicht schämen zu müssen; wobei er aber gleichzeitig darüber lachte wie jemand, der den Abfall von übertriebener Bescheidenheit beseitigt.

Man darf niemanden mit dem Land oder dem Volk identifizieren, dem er entstammt.

Ich bin Ungar, aber für andere hat das keine Bedeutung. Nur für mich. Der einzelne ist immer mehr als das Volk, als das Land, indes kann einer ein noch so großer Wortkünstler sein, er weiß immer weniger als seine Muttersprache.

Was den Genannten betrifft, so drohte nie die Gefahr, ich könnte ihn ungebührlich mit seiner Nation identifizieren. Wer die Vivisektion praktiziert, und zwar meisterlich, hätte in ihm ein lohnenswertes Objekt, um die heiklen Berührungspunkte von Individualismus und Egoismus zu studieren. Und müßte ihn dann grundsätzlich eher als Franzosen denn als Deutschen einstufen. Mit einem Deutschen konnte ich ihn schon deswegen nicht identifizieren, weil die Deutschen damals gleichzeitig über zwei Völker, zwei Länder, zwei Sprachen verfügten. Das eine Land stank in jedem Winkel nach schlecht verbrennender Braunkohle, es war wie ein großes faules Ei, das andere hatte den synthetischen Geruch von zwanghaft in rauhen Mengen verbrauchten Reinigungs- und Spülmitteln. Kein Zweifel, es gab genug zu putzen und zu parfümieren. Doch dürfte es nicht leichter gewesen sein, dem selbstzerstörerischen Sterilisationszwang in dem einen Land zu entgehen, als in dem andern zwei aufeinanderfolgende Diktaturen gesunden Verstandes zu überleben.

Ich möchte nicht übertreiben, aber in meinen Augen reicht die beschleunigte Edukationsgeschichte der alten Bundesrepublik an Goethe heran. Nicht an Hölderlin. Nicht an Kleist. Auch nicht an Büchner.

Obwohl ich ausschließlich von seinem Gesicht und seinen Gesten rede, denke ich an den großen Individualisierungsprozeß, den die Besten der Bundesdeutschen in fünfzig Jahren durchmachten, indem sie sich selber auseinandernahmen und wieder zusammensetzten.

Die Art, wie er den Kopf drehte, ließ keinen Zweifel daran, daß ich ihn gestört hatte. Und einen Augenblick seiner Aufmerksamkeit hatte er mir nur gegönnt, weil er wußte, daß ich für ihn arbeitete. Er war ingenieurhaft, vornehm-funktional, eiskalt. Zugleich konnte er nicht anders als entgegenkommend sein. Seine Aufmerksamkeit (im doppelten Wortsinn) durfte er einen Moment lang nicht verweigern, das verbot ihm sein historisches Gewissen. Allein schon in seinen Augenfalten hat er für jede Situation ein ausdauerndes Lächeln. Nur einige seiner Gedichte lächeln nicht. Seine rücksichtsvolle Art im Umgang mit der Welt und den Mitmenschen zeigt sich an der Mundpartie, an seinem vorsichtig-fragilen, rührend knabenhaften, manchmal geradezu verklemmten Lächeln. Genau von dort aber greift zitternd und zögerlich zuckend eine innere Störung um sich, die bisweilen bis zu den lächelnden Augen hochsteigt. In solchen Momenten nimmt die kaum zu verdrängende, untergründige Scham der Existenz Besitz von seinem Gesicht. Es grenzt fast an einen Tick. Wobei die Scham sein Selbstgefühl nicht angreift, sich vielmehr mit diesem verbindet. Ein Mönch. Verletzend offen und nackt, ohne Masken. Mit Naivität ist da nicht zu rechnen. Seine Gesichtszüge sind zwar sanft, weich, weiß, aber mit der kräftigen Nase, der riesigen Stirn und den großen Ohren ist er ein Herrscher, und daran hat er sich gewöhnt.

Seine Fotografen betört er mit seiner Stärke und seinem Selbstbewußtsein oder mit seinem Leid und seinem Lächeln, aber ich habe nie erlebt, daß sie beides in ihm gesehen hätten. Ende der sechziger Jahre, als er einer der Hauptakteure der Emanzipationsbewegungen war, entstanden zum Glück anspruchslose Aufnahmen, wo er in der Menge anderer Gesichter zu sehen ist. Auf diesen früheren Bildern kann man besser erkennen, wie Stärke und Leid ihn gleichzeitig prägen, und schon hier wird das Nebeneinander zweier Lebensalter sichtbar. Darin unterscheidet er sich wirklich von allen. Auf seinem erwachsenen Gesicht ruht das unbestechliche Wissen des Kindes, all das, was die Geburt ihm geschenkt und der Tod ihm nicht wegnehmen würde.

Das größte Problem der Literatur besteht heute in der Linearität der Sätze und demzufolge in einer starren, »eindimensionalen« Struktur.

Martin Buber schreibt in der Einführung zu seinen »Chassidischen Geschichten«, daß das erzählende Wort mehr sei als Rede, da der Erzähler das Geschehene an künftige Generationen weitergebe und sein Erzählen somit vom Segen der Heilsgeschichte begleitet sei.

Buber denkt wahrscheinlich an das archaische Erzählen, an die Chronik, die mit ihrer auf dem Hörensagen basierenden Erzählweise zwischen Geschichtsschreibung und Märchen angesiedelt ist. Wen es zur archaischen Erzählung hinzieht, der möchte nicht nur wissen, wie sich seine Vorfahren in bestimmten Situationen verhielten, er ist auch neugierig, etwas über sein eigenes Schicksal zu erfahren. Im Grunde erwartet er eine Prophezeiung. Vom Bekannten möchte er auf das Unbekannte schließen, von der Vergangenheit in die Zukunft blicken. Im kollektiven Imaginationsraum möchte er die Grenzen seiner eigenen Phantasie erkunden. Die Chronik liefert ihm Handlungsmuster für Fälle, die er sich nicht vorstellen kann, da nur die Götter sein Schicksal kennen.

Der in der Massengesellschaft lebende Mensch empfindet keine diesbezügliche Neugier, weshalb sein Erzählen von vielem begleitet ist, nur nicht vom Segen der Heilsgeschichte.

Die Erzählung verliert die Funktion der Chronik, und da das Leben des einzelnen dank rechtlicher, ökonomischer und medizinischer Selbstbestimmung bis über den Tod hinaus voraussehbar und lenkbar geworden ist, verliert auch der Schicksalsbegriff seine außergewöhnliche Bedeutung. Die Rolle der Chronik wird von der Dokumentation übernommen, die der Schicksalsgeschichte von der Story als Unterhaltungsliteratur.

Was letztere betrifft, so hat sie an die Auflagenhöhe angepaßte Standards. Wer ein solches Buch in die Hand nimmt, muß von vornherein wissen, was er bekommt. Diese Literatur ist darauf aus, einem Maximum an Lesern zu gefallen, was ein riskantes Unterfangen ist, und würde sich irgend jemand anheischig machen, ein solches Buch eigenhändig zu verfassen, hätte er eine große finanzielle Verantwortung. Darum werden Bücher, die in Millionenauflagen erscheinen, von ganzen Konzernen produziert. Was nachgerade natürlich ist. Auch das Volksmärchen, die Sage, die Ballade oder die Chronik sind keine individuellen Schöpfungen. Merkwürdig finde ich nur den Umstand, daß ein solches kollektives Werk noch immer den Namen einer Einzelperson trägt, die dann als Freiwild der Massenmedien, sozusagen mit ihrem Gesicht und Körper das Kollektivprodukt für Millionen von Menschen zu beglaubigen hat.

Solange der einzelne über einen so großen kommerziellen Wert verfügt, ist noch nicht alles verloren.

In der Nähe das Meer, es läßt nicht zu, daß die herbstlich laue kontinentale Luft sich zwischen den Bergen staut, mit einem Windhauch versetzt es sie in Bewegung. Fast möchte ich sagen: Das ist der warme Atem der Erde, über den der kühle des Meeres hinwegtreibt, mit dem Geruchsinn sind sie beinahe unterscheidbar.

»Ich verstehe nicht, warum ich diese Rollen tanzen soll«, lese ich nachts im Tagebuch von Nijinsky. »Ich zeige mich gern. Ich werde fiebrig davon. Ich mag das Fieber, nur daß mich alle umwerben, mag ich nicht.« Manchmal wiehern die Pferde in der Nacht. »Ich lasse mich nicht verführen.«

Im Morgengrauen weckt mich Pferdegewieher.

Ich sollte das WC im Erste-Klasse-Wagen des Schnellzuges Zalaegerszeg–Budapest beschreiben. Damit würde ich einer längst fälligen menschlichen, staatsbürgerlichen und nicht zuletzt schriftstellerischen Pflicht Genüge tun. In poetischer Hinsicht ist das keine leichte Aufgabe. Einfach wäre sie, wenn ich mich in die Toilette stellen und das Gesehene aufschreiben würde. Dann hätte ich allerdings stilistische Probleme zu bewältigen. Scheinbar ebenso einfach ließe sich die Aufgabe romanhaft meistern. Aufgrund jahrzehntelanger Erfahrung würde ich die markante Beschreibung eines sehr charakteristischen WCs liefern, das in natura nicht existiert. In diesem Fall bestünde die Gefahr, daß das geistige Erzeugnis die derbe Realität des WCs zum Verschwinden bringt.

Seit neununddreißig Jahren fahre ich diese Strecke. Seit sechzehn Jahren regelmäßig. Seit ich mich erinnern kann, habe ich die Hoffnung nicht aufgegeben.

Es wird besser, schöner, eines Tages werden die Geräte ihrer Funktion gemäß benutzbar sein, weil meine Landsleute gelernt haben werden, mit ihnen umzugehen.

Was indes das WC im Erste-Klasse-Wagen des Schnellzuges Zalaegerszeg–Budapest betrifft, fehlen alle Geräte mit Zubehör, die für die funktionale Benutzung des Ortes erforderlich wären. Die Apparaturen sind entweder kaputt, aus der Wand gerissen, gestohlen oder schlicht funktionsunfähig. Folglich liegt hier zuviel flüssiger und fester Unrat herum, für dessen reibungslose Entfernung die Örtlichkeit nicht mehr taugt. Wenn wir sie, in der Hoffnung auf ihr Funktionieren, dennoch betreten, ist sie nie gereinigt – so war es unter dem Sozialismus, so ist es unter dem Kapitalismus –, vielmehr werden die real existierenden flüssigen oder festen Substanzen unter dem Vorwand angeblicher Reinigung systematisch verschmiert.

Irgendwann Mitte der siebziger Jahre, als die in den Gefängnissen hergestellten Briefumschläge nicht mehr klebten, weil die Gefängniswärter zusammen mit den Gefangenen den Klebstoff geklaut hatten, kam ich zur Überzeugung, daß der sozialistische ungarische Staat seine geheimsten politischen Absichten verwirklicht hatte. Vom Briefgeheimnis bis zum Klebstoff war alles das Eigentum von allen, nur konnten die Eigentümer von ihrem Eigentum nicht mehr Gebrauch machen, da sie ständig etwas davon stahlen, so daß die Mehrheit der Gegenstände nicht mehr normal benutzbar war. Mir wurde auch klar, daß der sozialistische Staat erst dann definitiv zusammenbrechen und seine Bürger unter sich begraben würde, wenn kein einziges Gerät mehr funktioniert. Wenn nichts mehr durch etwas anderes auf noch so erfinderische Weise ersetzt werden könnte.

Als der Rand des Briefumschlags schon nicht mehr klebte, fand ich immer eine kleine runde Vignette, mit der ich die nicht klebenden Briefumschläge zukleben konnte. Damals beschloß ich, sollten auch die runden Vignetten nicht mehr kleben, einen Brief an den Staatspräsidenten zu schreiben mit der Bitte, er möge den sozialistischen ungarischen Staat für bankrott erklären und die UNO um Hilfe ersuchen.

Es verging kein Jahr, da klebte auch die kleine runde Vignette nicht mehr. Doch kam ein durchsichtiges Klebeband auf den Markt, mit dem ich die Kuverts dann ein paar Jahre lang zukleben konnte. Mit einer Sache hatte ich allerdings nicht gerechnet. Die Geschichte kennt Momente, da die Gleichzeitigkeit jeden Unterschied eliminiert. Als es tatsächlich nichts mehr gab, womit ich den Brief an den Staatspräsidenten hätte zukleben können, brach der sozialistische Staat zusammen und begrub auch mich unter sich.

Es geht nicht darum, daß ich im Erste-Klasse-WC des Schnellzugs Zalaegerszeg–Budapest in eine Pfütze aus Wasser und Pisse treten muß, in der Papierhandtücher schwimmen, die sich durch die Erschütterungen des Zugs aus dem Zangengriff jener Metallscharniere gelöst hatten, die einen Papierbehälter tragen sollten, wäre dieser nicht zusammen mit allem andern, mit Seifenhalter, Waschbecken, Spiegel und Lampe geklaut worden; es geht auch nicht darum, daß ich den vollgepißten, vollgekotzten, verdreckten, seit langen Jahren kaputten Klodeckel mit der Schuhspitze hochheben und die ganze Zeit mit dem Fuß halten muß, weil die kluge kleine Vorrichtung, die das Zuklappen des Deckels verhindern könnte, durch das überall herausfließende und -spritzende Wasser längst verrostet ist; es geht auch nicht um die Frage, ob ich in dieser Position mein Geschäft überhaupt verrichten kann, ohne bei den Erschütterungen des Zugs auf den Klodeckel, den Boden oder meinen Fuß zu pinkeln, mithin meine eigene

Sozialisierung und meinen tiefen und unerschütterlichen Glauben an die Notwendigkeit zwischenmenschlicher Solidarität Lügen zu strafen; es geht vielmehr darum, daß ich nirgends hinschauen kann, ohne Ekel zu empfinden. Die WC-Porzellanschüssel ist seit Jahren zerbrochen. Seit Jahren fehlt ein großes Stück. Die Verschlußklappe des Abflußrohrs baumelt seit Jahren in der derselben Position, und da sich an den beschädigten Stellen viel Scheiße ansammelt, befördert die während der Zugfahrt rhythmisch schlagende Klappe all das aus dem Rohr zurück in den Abort, was die Wasserspülung oder die tägliche Reinigung hätten entfernen sollen.

In der Demokratie geschieht, was der Mensch veranlaßt. Ich würde jetzt den Bankrott erklären. Aber wohin soll sich der Staatspräsident mit dieser Bankrotterklärung wenden.

Der Morgen graut schon, und sie unterhalten sich noch immer. »Könntest du mir sagen, was unsere Beziehung ausmacht.« Das klingt falsch, und er dreht den Kopf leicht zur Seite, um anzudeuten, daß seine Frage nicht ganz ernst gemeint sei. Draußen herrscht ein selten gesehenes Zwielicht. »Ich weiß nicht, warum du das wissen willst, aber meines Erachtens ist es eine starke gegenseitige Anziehung, auf die wir jedoch unterschiedlich reagieren, weil wir nichts miteinander anfangen können. Wenn überhaupt etwas, dann ist es das.«

Was nur die halbe Wahrheit ist; in der Tiefe seiner blauen Augen sucht er sichtlich nach der andern Hälfte. »Drück dich bitte einfacher aus.« – »Ich kann es nicht. Kennst du überhaupt das Wort Anziehung?« Die Frage wird in deutscher Sprache gestellt. Er schaut verständnislos, worauf der andere es französisch versucht. »*Attirance*, oder wenn du willst, *séduction.*« Die Antwort ist ein ungeduldiges, gekränktes Nicken, das Wort kennt er in beiden Sprachen. Wahrscheinlich versteht er nicht, was der andere damit sagen will. »Das bedeutet nichts anderes, als daß es Menschen gibt, die voneinander angezogen sind, während andere es nicht sind. Ganz einfach. Die gegenseitige Anziehung läßt sie etwas erfahren, was für andere nicht nachvollziehbar ist. Als hätten sie sich in eine unbekannte Dimension begeben. Eine zugleich erotische, sinnliche, geistige und religiöse, deren Unausweichlichkeit ans Göttliche grenzt. Wenn du's wissen willst, bei uns hat alles mit deinem Erröten begonnen. Du bist vor dir selber erschrocken und ich vor dir. Aber um Mißverständnisse zu vermeiden, hast du gleich zwei Alarmzeichen gegeben.« – »Was für Alarmzeichen?« – »Du hast gesagt, du seist ein großes Nichts. Wir gingen im Nebel um den See herum, und da hast du es gesagt, hattest die Kühnheit, es genau in dem Augenblick zu sagen, als du in mir bereits jemand geworden warst. Anziehung bedeutet ja, daß der andere in dir Raum greift und Platz nimmt. Das hat weh getan. Den zweiten Ausspruch tatest du bei einem Diner, heimlich. Du hast gesagt, du hast mir ins Ohr geflüstert, so daß alle es sehen konnten, du seist allein, du habest niemanden. Das hast du getan, damit ich nicht reagieren kann. Was hätte ich darauf antworten können. Einige Stunden später, am nächtlichen Kneipentisch, hast du gesagt, du könnest und wollest nicht leben und hast meine Hand ergriffen, damit ich es spüre. Du hast mich nicht nur aufgefordert, dich mit meinem Dasein zu stärken, hast nicht nur deiner Angst Ausdruck gegeben, ich könnte dich nicht ernst nehmen, du hast gleichsam sagen wollen, ich solle dir beweisen, daß du in mir einen Platz erobert hast. Du hast mich aufgefordert, für dich Verantwortung zu übernehmen. Was wieder eine religiöse, sakrale, spirituelle Dimension ist, wie immer wir es nennen. Wie sollte ich diese Aufforderung zurückweisen. Das sind unabänderliche Tatsachen, mit denen wir beide nichts anfangen können. Wie ein angefangener Satz: Je weiter du ihn schreibst, desto geringer werden die Möglichkeiten, ihn zu beenden.«

»Was wolltest du eigentlich mit alledem sagen?«

»Wenigstens das eine: Laß uns einen einzigen angefangenen Satz beenden, bitte.«

»Und wie?«

»Vielleicht hast du recht, vielleicht sollten wir ihn nicht beenden.«

»Ich spreche in der ersten Person Einzahl, anders kann ich nicht, du aber schreibst alles gleich in die Mehrzahl um.«

In dem erstmals 1954 erschienenen, durch seine konzisen und knappen Formulierungen stets aufs neue faszinierenden »Wörterbuch der Philosophischen Begriffe« von Johannes Hoffmeister wird unter dem Stichwort *universaler Mensch* neben Leonardo Goethe als Paradebeispiel genannt. Hoffmeister zitiert wahrheitsgemäß Mahnke, demzufolge Goethe nicht nur ein nach allen Seiten gerichteter Mensch war, sondern einer, welcher der Grundbedeutung von Universum entsprach. Mithin eine Persönlichkeit, die wie das Weltall »eine ungeheure Mannigfaltigkeit von Wesensseiten in ihrer einheitlichen Individualität konzentriert, die also bei aller Vielseitigkeit eine ungeteilte Einheit (ein In-dividuum) von ausgeprägter Besonderheit bleibt.«

Ich glaube nicht, daß es jemandem in den Sinn käme, ähnliches über Leonardo zu sagen. Leonardo wird nur darum genannt, damit der arme Goethe im Universum nicht so allein dasteht. Ein Deutscher kann wohl nicht anders, als Goethe mit dem Weltall gleichzusetzen.

Ein Nicht-Deutscher denkt nicht unbedingt so, denn er gehört beim besten Willen nicht zum vollkommenen Universum der Deutschen. Ágnes Nemes Nagy zum Beispiel hat Goethe *einen großen flachen Berg* genannt. Ehrlich gesagt gefällt mir diese illusionslose Charakterisierung besser.

Während ich gerade zwischen Frankfurt und Göttingen im Zug unterwegs bin, werde ich den Gedanken nicht los, daß die Deutschen Goethe schon im Ersten Weltkrieg keinen Dienst erwiesen haben. In ihrer Jugend konnte meine Großmutter Goethes Gedichte auswendig, doch in den Jahrzehnten nach dem Ersten Weltkrieg setzte ihre zwanzigbändige, weinrote, in Leder gebundene Goethe-Ausgabe allmählich Staub an, und außer den Hausangestellten griff kaum jemand nach den Büchern in den langen Regalen. Der Zweite Weltkrieg strich Goethe dann ganz von der Liste der Lebenden, verhalf jedoch Kavafis und Pessoa zum Revival. Auf den Ruinen erblühten zwei deutsche Sprachen, die mit Goethes Sprache wenig gemein hatten. Das einfache deutsche Wort Buchenwald konnte man nicht mehr so aussprechen, daß einem die ursprüngliche Bedeutung der Vokabel einfiel, ein Wald von Buchen. Semprun zufolge wurde Goethes Baum (bei Buchenwald) Opfer einer Feuersbrunst, die nach einem Luftangriff ausbrach. Es gibt keine deutsche Sprache, in der die Bäume heute nicht andere Assoziationen hervorrufen würden. Zur Pflichtlektüre gehören in europäischen Gymnasien noch Teile des »Faust«, »Wanderers Nachtlied«, »Die Leiden des jungen Werther«, wobei letzteres Werk schon wegen seines lächerlichen Titels nicht gelesen wird. Was Camus, Beckett, Mészöly und Duras über das menschliche Leiden, über seine Formen und Ausmaße, seine Ursachen und Folgen berichten, weicht in jeder Beziehung von dem ab, was Goethe gefühlt und gedacht haben mußte.

Seit sechzehn Jahren betrachte ich diesen Baum, dennoch erlebe ich, indem ich ihn regelmäßig fotografiere, außergewöhnliche Überraschungen. Ich hätte nicht gedacht, daß das langsam sich rötlich, dann gelblich färbende Laub in der ersten Frostnacht wieder grün wird. So muß man, neben vielem andern, auch jene Vorurteile ablegen, die man ein Leben lang in bezug auf den Herbst hatte. Klar, die verfärbten Blätter fallen in der ersten kühleren Nacht ab, während man im Glauben lebt, im Herbst würde das Laub allmählich bunt und verliere sich allmählich. Aber siehe da, der Baum gebärdet sich nicht jedes Jahr so, gebärdet sich in jedem Jahr periodisch, nur tut jedes Jahr etwas anderes mit ihm.

Auch der menschliche Alterungsprozeß, von außen kaum bemerkbar, verläuft in kleinen Schüben – Schnupfen, Zahnweh, Fußverstauchung –, dann folgen größere Schübe – Brüche, Operationen, Chemotherapien –, und nach der Genesung gibt es kein Zurück zum ursprünglichen Zustand. Anders als in der Jugend, wo ich nach einer Fieberkrankheit nicht nur das Bett verließ und draußen, schwindlig vor Glück, zu meinem alten Leben zurückkehrte, sondern dieses wiedergefundene Leben noch üppiger und reicher an Möglichkeiten fand. Nach einer Frostnacht wurde der große Wildbirnenbaum wieder ganz grün, doch sein Laub hatte sich gelichtet, er wirkte schon ziemlich kahl, ohne die bunten Blätter waren die Astenden nackt, man sah das Gerippe.

Das große Buch unserer Zeit ist nicht »Der Fremde«, nicht »Godot« oder Mészölys »Rückblenden«, sondern »Der Schmerz« von Marguerite Duras.

Marguerite Duras wartet darin in der ersten Person Einzahl, in stammelnden, kargen Sätzen auf ihren Geliebten, wartet wie eine Wahnsinnige auf dem Bahnhof, wo die Züge mit den Heimkehrern aus den Konzentrationslagern ankommen. Als Robert Antelme, anderswo und zu einem andern Zeitpunkt, dank fremder Hilfe tatsächlich zurückkehrt, erkennt sie dieses menschliche Wrack nicht. Der Schock dieses Nicht-Erkennens läßt sie schreien, fliehen, in Ohnmacht fallen. Später pflegt sie den Hilflosen, päppelt ihn auf, wäscht ihm mehrmals täglich den dünnen Kot vom Leib, rettet ihn für das Leben, und als sie Monate später zum ersten Mal ans Meer fahren, gesteht sie ihm, daß sie nicht mehr mit ihm leben kann. Wer als körperlich und seelisch ebenfalls schwer belasteter Überlebender in dieser wahnsinnig-luziden, schonungslos-nüchternen Geschichte von Duras und Antelme sein eigenes Schicksal durchlebt, kann mit Werthers Leiden kaum etwas anfangen.

Ebenso geht es mir mit dem *Faust.*

Aus der Sicht dieses elenden Jahrhunderts erscheint mir der »Faust« nicht als weltliterarisches Opus einer universellen Persönlichkeit, sondern als sensible und kluge, aber durchaus personenbezogene Beschreibung oder Darstellung einer konsolidierten, unverarbeiteten, grandiosen Depression. Die Ursachen der Depression werden naturgemäß nicht klar benannt, ja, jede Benennung ist eine bewußte Irreführung. Nach demselben Muster, wie die Juden mit dem Namen Gottes umgehen. Sie sind gezwungen, unzählige Namen zu benutzen, um den wahren Namen vermeiden zu können.

Goethe zeigt, wie durch Redefluß und Worthäufung das Eigentliche verdeckt werden kann. Damit hat er nicht nur das deutsche, sondern das moderne europäische Mentalitätenmuster geschaffen. Er fand heraus, wie man durch tägliche, fleißige Arbeit die eigene Realität zu kaschieren vermag. Konsequent lenkte er von dem ab, was er wußte, und wurde damit zum Begründer des modernen europäischen Bundes der Verschweiger und Verdränger. Werthers Tod erschüttert wegen der lügenhaften Neigungen des Verfassers, erschüttert all jene, die am liebsten selbst den Tod wählen würden, nur um denen ihre Liebe vorzugaukeln, für die sie nichts empfinden, und um dadurch ihre wahre Liebe für immer zu verschweigen.

Werther lügt sich lieber vor, daß er liebt, bloß um dem Freund seine wahren Gefühle eingestehen zu können.

Eckermann ist unvergleichlich viel lebendiger und kruder als Goethe. Er tut genau das Gegenteil. Er benennt seinen Schwarm und läßt nicht von ihm ab, ungeachtet der Tatsache, daß Goethe von früh bis spät Plattheiten daherschwafelt. Er muß schwafeln, denn er arbeitet nach eigenem Rezept wie wild gegen seine Depression und weiß genau, was er deshalb verschweigt. Goethe verrät nie, was ihn in Eckermanns Gesellschaft zum Monolog drängt. Ja, warum er überhaupt täglich die Nähe von jemandem sucht, dem er nur Gemeinplätze mitzuteilen weiß. Goethe hat Eckermanns Lesern beigebracht, die peinlichen Seiten der eigenen Person so abstrahiert wiederzugeben, daß sie niemanden mehr stören oder kränken.

Demgegenüber ist Eckermanns unstillbare Liebe für jedermann evident, in Europa hat jede Frau und jeder Mann ähnliches erlebt. Es ist die Liebe des Jüngeren zum Älteren, des Aufstrebenden zum Angesehenen. Ein sinnlicher Ritus, den die europäischen Bürgerstöchter und Bürgerssöhne ohne Wenn und Aber zu durchlaufen, dessen listige Techniken sie weiterzugeben hatten.

Die kulturhistorischen Quellen dieses Ritus sind benennbar.

Das zuerst zur Askese, dann zum Puritanismus strebende Christentum sublimiert so die Knabenliebe der Griechen, um das Schema der pädophilen Beziehung in jeder Hinsicht beibehalten zu können. Nach antiker Auffassung darf zwischen dem Jüngeren und dem Älteren keine Gegenseitigkeit herrschen. Ihr Verhältnis ist eng, verbindlich, muß aber für beide Seiten asymmetrisch bleiben.

Ich war zwanzig, als ich den »Werther« zum ersten Mal las, danach las ich der Reihe nach fast sämtliche Werke von Goethe. Nicht weil mir jemand die Angst einjagte, es ginge nicht ohne, es war wohl eher eine Art allgemeiner Bildungszwang. Doch flugs tat sich mir eine bekannte, wilde Welt auf, die mich weniger anzog als tödlich erregte. Eine mit Dickicht bewachsene, stürmische Gegend, voll schäumender Bäche, an deren Ufern sich Wiesen und Wälder erstrecken, die Ruhe und Trost zu verheißen scheinen, obwohl sie lockende Schrekken bergen. Der Text enthielt charakteristische Details der thüringischen Landschaft, einer Landschaft, die mir seit meinen wilden Flegeljahren vertraut war. In ihrem Bild erkannte ich Züge meines eigenen Lebens wieder. Ich las etwas, das sich in jeder Hinsicht von meinem Leben unterschied, zugleich aber auf etwas reimte, das ich ohne diese doppelte Spiegelung nicht hätte benennen können. Heute würde ich sagen, es handle sich um Wesenszüge oder eine Struktur, die dem literarischen Werk und seiner eigenständigen Sprache inhärent sind, ohne daß ein einziges Wort der Gemeinsprache vorkommt. Es wird etwas erzählt, von dem die Epoche schwieg, und hätte man es zur Sprache gebracht, hätte es einen schrecklichen Skandal oder blankes Unverständnis hervorgerufen. Goethe hätte mit der Tatsache, daß er gemütskrank war, jedermann skandalisiert. Doch hatte er eine Idee, wie sich hinter dem Anschein von Hyperaktivität die verheimlichten Inhalte seiner Gemütskrankheit verstecken ließen. Er brachte das Verschweigen der Depression in Mode – und verhalf ihm zugleich zum Bürgerrecht. Seither haben viele damit experimentiert, doch so erfolgreich wie er war keiner.

Am Ende der Flegeljahre muß jeder in sich eine Frau oder einen Mann entdecken, der sich in nichts von andern unterscheidet, mehr noch aber muß er in dieser Frau oder diesem Mann innerhalb kurzer Zeit eine unverwechselbare Person entdecken, die einer andern, unbedingt andersgeschlechtlichen und ebenfalls unverwechselbaren Person möglichst lebenslang gefällt. Die Aufgabe ist unlösbar. Auch ich konnte sie nicht lösen. Auch Goethe konnte sie nicht lösen. Darum mußte Werther sterben. Und da er selber auch nur in Chiffren davon sprechen durfte, sind ihm bis heute so viele Menschen am Ende ihrer Jugend gefolgt. Doch ist das nur die Fassade der Geschichte.

Hinter dieser Fassade spuken wie Gespenster die unlösbaren strukturellen Fragen der Kultur. Goethe führt uns mitten in diesen Fragenkomplex und schweigt beredt. Werther möchte verliebt sein, obwohl er schon verliebt ist. Er möchte eine Frau zum Gegenstand seiner Sympathie machen, während er einem fast gleichaltrigen jungen Mann sein Leben beichtet. Die Person des jungen Mannes muß allein schon darum im Dunkeln bleiben, weil uns das Werk eine Geschichte erzählt, deren wahre Dimensionen nur dieser junge Mann zu erkennen vermag.

Es gibt jemanden, der mehr über den Helden weiß als der Verfasser selbst. Damit hat Goethe dem Leser ein Rätsel aufgegeben, das dieser nicht lösen darf. Der Held täuscht Sympathie zu einer kinderliebenden Frau vor, weil er nicht fähig ist zu einer Liebe, die den Konventionen entspricht. Neben dem erwählten Liebesobjekt steht das Vorbild, der Mann, vor dem er sich jedoch ekelt. Die dunklen emotionalen Triebe und die Handlungszwänge decken sich immer weniger, je eifriger er den vorgeschriebenen Mustern beziehungsweise den von den Konventionen diktierten mentalen Techniken folgt. Sexualität und Persönlichkeit sind unter den gegebenen kulturellen Verhältnissen unvereinbar. Zu dieser Erkenntnis gelangt irgendwann jeder am Ende der Flegeljahre, wenn die Jugend beginnt.

Zu diesem Zeitpunkt nimmt man entweder von gewissen Aspekten der Sexualität oder der Persönlichkeit für immer Abschied. Die Last des Verzichts trägt man alleine, denn man darf sie nicht nur mit niemandem teilen, man muß sie sogar vor sich selber verheimlichen. Das kollektive Schweigegelübde liefert die moderne europäische Persönlichkeit aus. Ein jeder von uns wird durch einen Mangel geprägt, der im Einzelfall leicht zu benennen wäre, den wir aber gewohnheitsmäßig verschweigen.

Werthers Problem besteht nicht darin, daß er sich zu einer verheirateten Frau hingezogen fühlt, die seine Gefühle aus Tugendhaftigkeit nicht erwidern kann, sein Problem besteht vielmehr darin, daß er eine Sympathie forciert, die er in Wirklichkeit gar nicht empfindet, weil er seine wahre Sympathie vor sich selbst und der andern Person verheimlichen muß. Andernfalls täte er zwar seinen eigenen Bedürfnissen Genüge, nicht aber den Anforderungen der Kultur. Goethe führt uns nicht die Tragödie dieses Zusammenhangs vor Augen – eine Tragödie, die jeder Europäer auf seine Weise durchlebt, herausfordert und realisiert –, er macht sie vielmehr zu einem Melodram nach bürgerlichem Geschmack. Jeder, der nach seiner Selbstverstümmelung noch am Leben bleibt, kann sich als Werther bemitleiden.

Der »Werther« sollte eine Abschiedslektüre werden – und ist es geworden. Goethe hat sich darin erfolgreich von seinem homophilen Ich verabschiedet. Mit dem *Sturm und Drang* gelang dem sich selbst überlassenen, aufgeklärten Menschen nur gerade dies: Parallel zu seiner biologischen Entwicklung fand er eine intellektuelle Form für jene Lebenslüge, mit deren Hilfe er auch alle kleineren Lügen vor sich selbst zu rechtfertigen vermochte. Die Tragödie erlebte er als Melodram, also gleichsam abgeschwächt, und während er die tragische Situation aufrechterhielt, bemitleidete er sich und ließ sich von andern bemitleiden. Goethe sollte dasselbe Thema noch einmal, diesmal im Zeichen trauriger und stolzer Reife aufgreifen: in den »Wahlverwandtschaften«, wo er die tobenden Leidenschaften durch die Probleme der Paarbildung und durch die Theorie der Wahlverwandtschaften abtötet. Goethes erhabenes Schweigegelübde wurde im Ersten Weltkrieg gebrochen, im Zweiten Weltkrieg verlor es seine Bedeutung und verschwand. Bei Camus, Beckett, Mészöly oder Duras gibt es keinerlei Sätze mit »Goethe-Inhalt«. Ernst Jünger und Vladimir Nabokov sind die einzigen, die seinen Geist bewahrten.

Gestern abend sagte Susan, während sie plötzlich vor der Gefängnismauer in der Mosonyi-Straße stehenblieb und eine seltsame Handbewegung machte, dieses System (das Wort Kapitalismus oder Demokratie sprach sie nicht aus, doch die einkreisende Handbewegung verwies auf die Umstände, in denen wir beide lebten), dieses System sei »viel brutaler und härter als das, das ihr früher hattet« (wieder sprach sie das Wort nicht aus, sondern machte nur diese kleine Handbewegung), »es walzt alles platt«. Ich konnte nicht widersprechen, so sehr war ich überrascht.

An einem strahlenden, schneeglitzernden, vor Kälte klirrenden Morgen des frostigen Winters 1982 entdeckte ich unweit des New Yorker Bus-Terminals, auf der Sonnenseite der 42. Straße, mitten in der dahingleitenden dunklen Menschenmenge eine splitternackte Schwarze, die am Rande des Gehsteigs Toilette machte. Sie war nicht mehr jung. Das Fett, das Fleisch, die Haut hingen ihr in ungeheuren Schwarten und Wülsten vom Leib, ihr Schamhaar glich einem Bart. Ihr Hab und Gut lag am Trottoirrand, im Schnee, der unter den Sohlen laut knirschte. Da war auch eine Rolle WC-Papier, von der sie ständig ein paar Fetzen abriß, um sie am tropfenden Hydranten, an dem sich ein Eiszapfen gebildet hatte, zu befeuchten. Gerade so, daß sie die verschiedenen Falten und

Vertiefungen ihres Körpers reinigen konnte, ohne daß diese allzu naß wurden. Eine Methode, die sie offensichtlich beherrschte. Es kam alles sorgfältig dran: der After, die Vertiefung unter den Brüsten, die Bauchfalten, die Schamspalte. Der strahlende Sonnenschein verbreitete ein klein bißchen Wärme in dieser schneidenden Kälte, durch die die Menschen mit aufgestelltem Mantelkragen und vors Gesicht gezogenem Schal dahineilten, als sähen sie nichts.

Sechzehn Jahre später, an einem grauen, kalten Dezembervormittag des Jahres 1998, in der 34. Straße in der Nähe von Macy's, eine zweite splitternackte Schwarze. Sie hatte einen schwarzen Müllsack aus Plastik übergezogen, um wenigstens ihren Rumpf zu bedecken. Unter ihrer Brust war der Sack mit einer Schnur zusammengebunden. Sie war jung und hatte glatte, lange Glieder, nur konnte man nicht mit Sicherheit sagen, ob es sich wirklich um eine Frau handelte. Sie hüpfte, als vollzöge sie einen rituellen Tanz ohne Anfang und Ende. Das Wesen des Rituals bestand darin, den eiskalten Asphalt auf möglichst kleiner Oberfläche und möglichst kurz zu berühren. Sie streckte ihre Hand bettelnd und flehend aus und schrie. Schrie gleichmäßig, aus vollem Hals. Hörte auch dann nicht zu schreien auf, wenn sie etwas bekam. Sie legte die Münze in die andere Hand, damit ihre Bettelhand leer sei, schrie und hüpfte.

In der Freiheit werden die Menschen unempfindlich gegenüber ihren eigenen Eindrücken. Bevor sie jemandem eine grobe Kränkung zufügen, sagen sie, nimm's nicht persönlich. Sie können nicht anders, denn sie dürfen keinen Unterschied zwischen gut und schlecht machen. Im alltäglichen Diskurs muß jede Qualifizierung vermieden werden. Die Berliner Mauer ist vor zehn Jahren gefallen, und schon in den ersten Stunden der Freiheit zeigte sich, daß die Kategorie der Schuld, die früher auch für mich außerordentlich wichtig gewesen war, da man in der Diktatur ohne diesen Begriff jede Orientierung verloren hätte, draußen in der freien Welt längst von der Tagesordnung gestrichen war. Hier ist alles geregelt, die bürgerliche Emanzipation kann als beendet betrachtet werden. Selbst Tod und Todesangst existieren nur noch als effektvolle Mittel des Massenentertainments. Demzufolge wirkt diese schöne neue Welt wie eine riesige Ansammlung von disparaten Bildern, und Freiheit scheint lediglich zu bedeuten, daß die Realität der Umstände allemal stärker ist als der Anspruch auf Sinndeutung, als die moralische Verpflichtung, nach Orientierungspunkten zu suchen.

Jeder kann Opfer von Raub und Mord werden, aber gerade deshalb muß jeder zu Raub und Mord bereit sein. Das ist das abendfüllende Thema. Vielleicht war es das auch früher schon, nur kam es mir aus dem Blickwinkel der Diktatur harmloser vor. Die Frage lautet nämlich nicht mehr, ob Töten oder Rauben moralisch sei, sondern wie schnell wir, nachdem wir andere umgelegt haben, im Interesse unseres Überlebens zur Tagesordnung zurückkehren können. Die erfolgreicheren Mörder treffen jeden Abend glücklich zusammen, küssen sich, tauschen Schecks und Schmuck. Wer jeden Abend in sich selbst den geschickteren Mörder entdeckt, fühlt anderntags sein Selbstvertrauen wachsen, auch wenn seine Sicherheit abnimmt. Die kollektive Aufhebung des Schuldbegriffs folgt logisch auf die Aufhebung der Begriffe Liebe und Erotik. Mord und Sex sind zum abendlichen Training in Sachen Überlebenskampf geworden.

Die Spazierwege des Jardin du Luxembourg knirschen schon frühmorgens unter den rhythmischen Schritten der Jogger. Wir laufen immer wieder die gleichen Runden. Es sind jeden Morgen die gleichen Läufer, als hätte es dazwischen keinen Tag und keine Nacht gegeben.

Eine ältere Frau mit langen Schritten. Sie ist klein, zartgliedrig und wirkt wie jemand, der eine schwere Krankheit hinter sich hat. Dann ein ziemlich korpulenter Mann, früher wohl mit einem leuchtend blonden Schopf, jetzt fast vollständig kahl. Sein Laufschritt ist so gleichmäßig und vergeistigt wie sein Lächeln. In jüngeren Jahren muß er ein Profiläufer gewesen sein. Er läuft, als hätten seine Füße ein Gedächtnis und als schöpfte er seine Heiterkeit aus der Erinnerung an frühere Runden. Sein Athletentrikot, seine knappe Seidenhose kleben am Körper und zeigen untrügliche Schweißflecken. Sein Geschlecht hebt und senkt sich vom Schwung der Schenkel.

Die Begegnungen an den verschiedenen Punkten des Parks lassen die verflossene Zeit, die eigene Geschwindigkeit, das Tempo und Temperament der Läufer ermessen. Jeder einzelne hält sich an seine eigene Bahn, obwohl wir zusammen laufen.

Ein junger Athlet in Schwarz, mit riesigen Extremitäten. Die schwarze Hose so eng anliegend, als wäre sie seine Haut. Neben ihm läuft ein älterer Mann, ebenfalls in Schwarz, ein wenig angestrengt, schon etwas schwerfällig, doch keineswegs ohne Training. Der Athlet gibt das Tempo vor und mit seinem geraden Rücken die Haltung. Manchmal blickt er zur

Seite, als wollte er sich vergewissern, daß der andere noch mithält. Dann schaut der Ältere ihn an. Nur einen halben Schritt hinter ihnen, bedrohlich nah, läuft eine junge Frau. Fast tritt sie dem Athleten auf die Ferse. Es ist nicht ganz einsichtig, was dieser Abstand von einem halben Schritt für ihre Dreierbeziehung bedeutet. Zusammen mit ihnen läuft ihr geheimes Leben. Als hätte sich die Frau nur wegen des Tempos an die beiden Männer geheftet und gehörte nicht zu ihnen, trotz ihrer schwarzen Kleidung. Schwarz ist ihr Trikot, ihre Hose, schwarz sind ihre Joggingschuhe und die Socken.

Im Geruch der Pariser Morgen spürt man salzige Meeresluft. Wie vor ein paar Jahren auf den langen, gleichmäßig knirschenden Wegen des Bois de Vincennes. Die leichte Steigung der Rue du Lac war bereits lichtüberflutet, während zwischen den Bäumen des Parks noch Dunkel herrschte.

Von oben betrachtet ist das Meer an den dänischen Küsten durchsichtig. Man sieht, wie die Inseln und Halbinseln scharfkantig, ohne jeden Übergang ins Wasser abfallen und unter dem Wasser in grün wuchernden Massen bis zum Grund hinabreichen. Das Festland steht wirklich auf grünen Säulen, blond, gelb, trocken, schwül, in diesem Spätsommer des Jahrhundertendes. Vom dunklen Meeresgrund leuchten die weißen Felsklippen und -kuppen herauf, alles bewegt sich, nur sie sind reglos. Als hätte einer die Oberfläche und Tiefe des Wassers auf einem einzigen Blatt Papier zusammengefaßt. Unten die Strömungen, während oben eine leichte Brise die sich träge verschiebenden weißen Kämme zu leuchtenden Streifen ordnet und darunter die Bewegungen des Azoikums wie weiße Zeichen erstarren.

Nach der Rückkehr von einer längeren Auslandsreise legte er sich auf den Diwan, der viele frühere Gerüche bewahrt hatte. Als er die Augen schloß, hatte er eine leichte Erektion, schlief aber dennoch ein. Lang dürfte er nicht geschlafen haben. In dieser kurzen Zeit träumte er, er betrete eine weiße Marmortreppe, doch seine Schuhspitze bleibt an der scharfkantigen untersten Stufe hängen, und so sehr er sich auch bemüht, immer wieder rutscht er aus, ohne weiterzukommen. Er müßte die Treppe hochsteigen. Ihr gilt seine ganze Sehnsucht. Die Treppe mit ihrer Farbe und Stufenkante ist der in der Ferne zurückgelassene Geliebte, an dessen Haut, Lippen, Haar, an dessen leuchtend helle Augen (und das aus der Hemdöffnung quellende Brusthaar) ihn seine Erektion gemahnte.

Während an einem Ort Erdteile zusammenwachsen, sich vereinigen, spalten sie sich an einem Ort voneinander ab, werden auseinandergerissen. Keine Frage, das schmerzt. Natürlich schmerzen Trennungen. Doch ist der Schmerz ebenso gleichgültig wie der der Erdteile. Trost liegt einzig in der Geophysik, auch wenn diese keine Erklärung liefert.

Man müßte jene Bilder festhalten, die aufleuchten, für Momente wiederkehren und dann haften bleiben, nicht weichen.

Das sind dann nicht einfach Erinnerungsbilder, sondern die Reste, Splitter, Glimmer eines undurchsichtigen, größeren Zusammenhangs. Nicht Erinnerungen, sondern Mahner des Ich. Sie gemahnen an etwas, nur wüßte ich nicht zu sagen, woran.

Sie festzuhalten ist nicht einfach. Wenn sie mir in den Sinn kommen, bin ich meist mit etwas anderem beschäftigt, und diese andere Beschäftigung ist intensiv, ich kann nicht aufhören damit. Es geht nicht um ein technisches Problem. Ich bin mit etwas beschäftigt, und plötzlich stellt sich das Bild zwischen mich und den Gegenstand meiner Beschäftigung. Es hat eine Nähe zu meinem Ich, und vielleicht präsentiert es sich als Hemmklotz, um mich an meiner Tätigkeit zu hindern. Vielleicht will es mich vor etwas schützen. Nein, das stimmt nicht.

Es behindert nur meine Konzentration, als wollte es signalisieren, daß es noch andere Tätigkeiten auf dieser Welt gibt. Oder es erinnert mich an einen andern ichlosen Zustand. Was ich tue, ist nicht das einzig Mögliche, es gäbe Besseres.

Während ich diese Zeilen schreibe, sehe ich zum Beispiel den Erste-Klasse-Wagen eines Zugs. Genauer, sein Inneres, die grauvioletten Plüschsitze. Die Sitze sind leer, ich bin der einzige Passagier, obwohl noch Zigarettenrauch und andere Gerüche früherer Reisender in der Luft hängen. In den vollklimatisierten Waggons kann man keine Fenster öffnen, kann höchstens eine Tür öffnen, um etwas Durchzug zu machen, oder kann die Ventilation verstellen. Mich selbst sehe ich nicht in diesem Bild. Aber ich spüre mich. Ich bin relativ ruhig, nichts drängt. Die Situation ist nicht besonders angenehm, aber auch nicht unangenehm. Draußen herrscht ziemlich schönes Wetter, obwohl ich keine Ahnung habe, wo wir uns gerade befinden. Ich möchte aus dem Bild hinausschauen (aus dem Zugfenster), aber es geht nicht, denn ich habe keine Erinnerung an das Draußen. Ich weiß nicht einmal, wann sich alles abspielt. Als wäre ich der im Zugabteil zurückgebliebene

Zigarettenrauch, der langsam in den violetten Plüsch eindringt und dessen Struktur und Temperatur annimmt.

In den letzten Jahren bin ich mehrmals in solch leeren Zugabteilen gereist. Zum Beispiel zwischen München und Salzburg. Obwohl das Bild nicht von dieser Reise stammt. Oder zwischen Düsseldorf und Paris, bevor die von Kopf bis Fuß schwarz gekleidete, verrückte Schauspielerin einstieg. Nein, das Bild stammt von viel früher. Vielleicht aus der Zeit meiner ersten Lesereise. Auf solch langen Reisen entstehen recht häufig verschwommene, unkontrollierbare Punkte im Leben. Blinde Flecken. Du blickst von einem Buch auf, erwachst in einem stillen Hotelzimmer und weißt nicht, wo du bist. Weißt nur, daß du dich zwischen zwei dir unbekannten Städten befindest. Und könntest nicht einmal sagen, wieso und zu welchem Zweck. Es gibt zwar eine einfache Erklärung, aber gerade solche Erklärungen wollen dir nicht plausibel erscheinen. In diesen Augenblicken weißt du wirklich nicht, wer du bist.

Und schon fällt mir ein Nachmittag in Aachen ein. Das dunkle Stadttor, die eisige Kälte, die Leere und dumpfe Stille des düsteren Hotels. Der langsam hereinbrechende, unheilverkündende Abend macht alles fremd und fern, und mich beschleicht das Gefühl, ich käme nie mehr von hier fort. Um mich herum heult ein eisiger Wind, die Straßen sind menschenleer, Schneetreiben, nur in den winzigen Läden, die sich um einen kahlen Platz drängen, gehen warme Lichter an, was den Anschein erweckt, die Szenerie stammte aus einem deutschen Roman. Einem Roman, den ich nie gelesen habe, dessen Titel mir unbekannt ist, der aber existiert.

Wiederholt ergriff mich in Deutschland ein Gefühl der

Schwere. Selten so stark wie in Regensburg, wo ich deutlich den Eindruck hatte, schon einmal gelebt zu haben. Ich konnte viele Jahrhunderte zurückblicken. Hier war ich verbrannt worden. Ich kannte die Straßen, wußte, wohin sie führten, und fand mich tatsächlich bei der Brücke oder auf dem Platz wieder. In Regensburg stand alles im voraus geschrieben, in fetten, schweren, unverwüstlichen gotischen Lettern. Nicht, daß es mich an etwas erinnert oder einem andern Ort geglichen hätte, es war *der* Ort schlechthin.

Die von Kopf bis Fuß schwarz gekleidete junge Frau nahm mir gegenüber Platz. Schlank, blaß, die Schminke auf dem Gesicht leicht verschmiert. Die zerbrechlichen Finger hatte sie ineinander verschlungen, die Hände zwischen die Knie gepreßt. Sie schaute mich so lange an, bis ich meine Zeitung zusammenfaltete. Sie sah mich durch die Zeitung hindurch an. Dann sagte sie sehr leise und schnell, ich möge sie entschuldigen, sie wolle jetzt arbeiten. Ich war mir nicht sicher, ob ich sie richtig verstanden hatte, aber sie wiederholte den Satz nicht, sondern plapperte weiter, sie müsse vorsprechen und sei mit dem Text im Verzug, *je suis en retard*, klagte sie und bat mich ihr zu sagen, wenn ihre Arbeit mich störe. Sie redete, als wäre ich gar nicht da, als spräche sie nicht zu mir, doch außer uns beiden war niemand im Abteil. Sie erhob sich, als wäre sie allein, sie öffnete den Koffer, als wäre ich nicht anwesend. Ich half ihr, das Gepäck wieder zu verstauen. Sie bedankte sich, als wäre ich ein anderer. Vielleicht hielt sie das Textbuch nur in der Hand, um ihre Verrücktheit zu kaschieren. In Wirklichkeit führte sie ein zwanghaftes Selbstgespräch. Stritt sich mit irgendeiner Mutter, mit Geschwistern, immer von neuem, mit immer den gleichen Worten, unaufhörlich. Nur ein einziges Mal blätterte sie im Text, wiederholte aber auch dann die gleichen Sätze, stritt sich, zürnte, ließ sich beschimpfen und schimpfte zurück. Ich hatte den Eindruck, ihr sei wirklich etwas angetan worden.

Jetzt weiß ich es. Jeden Morgen, wenn ich Filterkaffee koche, kommt mir zwanghaft ein Berliner Gästezimmer in den Sinn. Im Morgenlicht, voller frühmorgendlicher Geräusche. Es ist Herbst, ein strahlender, duftender Morgen. Unten im Garten plätschert der Springbrunnen. Auf der nassen Fasanenstraße ab und zu ein zischend vorbeifahrendes Auto. Ansonsten Stille, die Stadt um mich herum ist noch nicht erwacht. Es liegt etwas Ätherisches im Frühaufstehen. An einem solchen Morgen spürt man, daß man in Form ist. Schon das Erwachen signalisiert es, die Glieder sind elastisch, die Muskeln entspannt. Auch an diesem Tag wird es nicht wenige Probleme geben, aber das bedrückt einen nicht. Die Welt erscheint schöner und transparenter, als sie in Wirklichkeit ist. Dabei besteht das Kaffeekochen nur aus drei, vier Bewegungen. Ich gieße Wasser in den Apparat. Nehme die Kaffeedose vom Regal.

Wenn ich den Filter vom Regal nehme, bin ich schon draußen auf der leeren Straße, an der Kreuzung Fasanenstraße/Kurfürstendamm, doch auf der andern Seite, vor dem Hotel Kempinski. Ich sehe mich gleichsam aus der Luft, aus der Höhe einer dritten Etage, und streife mit dem Blick die Fassade des eingerüsteten Hauses. Und scheine zu fallen. Ich lege den Filter ein, messe den Kaffee ab. Vier Löffel. Und während ich in die Tiefe stürzend die Fassade betrachte, fällt mir heute

Julie ein. Wir sitzen auf der Terrasse des Kempinski. Sie weint. All das kommt mir in den Sinn, während ich nicht sie sehe, sondern die zu dieser frühen Stunde leere, vor Nässe glänzende, sonnenbeschienene Straße. Bevor ich am Boden aufpralle, habe ich das Bild schon ausgeblendet. Ich möchte nicht in diese Angelegenheit verwickelt werden. Jetzt muß ich mich aufs Laufen konzentrieren und bin schon auf den knirschenden Wegen des Tiergartens. Unweit eines Gewässers. Alles gleicht einem Traum. Das Gedächtnis vermag nicht zu rekonstruieren, wie ich hierher gekommen bin. Bin ich die Fasanenstraße entlang gelaufen oder am Bahnhof Tiergarten vorbei? Ein Kanal, vielleicht auch ein lebendes Gewässer, ein Bach, ich weiß es nicht. Ich renne auf einem lichtgesprenkelten, knirschenden Weg, von dem aus das Wasser nicht zu sehen, nur zu riechen ist; dagegen sehe ich sein mit Schilf und andern Wasserpflanzen bewachsenes Ufer zwischen riesigen Bäumen. Doch, ein richtiges Gewässer, ich hatte mich davon bei einem früheren Lauf überzeugen können. Nur, was sollte das für ein Lauf gewesen sein, wo dies doch mein erster Berliner Morgen war? Es gelingt mir nicht, die Bilder des Laufens in eine zeitliche Ordnung zu bringen.

Als der Kaffee fertig ist, muß ich das ganze Problem und sämtliche Bilder verdrängen. Doch fällt mir ein, daß da auch eine Statue im Bild war. Vielleicht die von Königin Luise.

Das Ganze ist wie ein Schaltplan, auf dem die Schaltzeichen dargestellt sind, nur fehlt der Strom. Heute habe ich versucht, die Bilder nicht aufzuhalten, sondern strömen zu lassen. Worauf das Gedächtnis eine Menge weiterer Bilder, Gefühle und Geschichten ausspuckte, so daß ich Brechreiz und Kopfweh bekam.

Im selben Berliner Haus eine Obstschale auf dem Tisch meines Zimmers. Die Üppigkeit selbst, der Überfluß. Kein Zweifel, in diesem Zimmer koche ich zum ersten Mal Filterkaffee. Deutschland bedeutet Filterkaffee. Bedeutet bedrükkende, rauhe, kalte Schwere und Transparenz, bedeutet tiefe geistige Vertrautheit. Ich kann sehr weit, mindestens bis zum Mittelalter, zurückblicken. Königin Luises Statue, na gut, dann ist es diese Geschichte. Und die Idylle, die nationale Legende. Die Heimat, die einheimische Industrie, der industrialisierte Tod, die Drahtzäune der Konzentrationslager. In Julies Körper erkenne ich eine andere vertraute Zeit. Als vereinigte sie gleichzeitig zwei von mir geliebte Körper in sich oder wäre mit diesen zusammen. Und das wühlt mich derart auf, daß ich alle drei abwehren muß, bevor ich mich an die Arbeit machen kann.

Ich beschwöre sie, während ich sie abwehre. Das ist zweifellos die Grundgeste des Phänomens.

Am nächsten Tag sitze ich gerade im Badezimmer auf dem Klo, als jemand die Tür aufreißt, die sich genau gegenüber der Kloschüssel befindet. Wir starren uns lange und blödsinnig an. Keiner versteht die Situation. Weder die eigene noch die des andern. In der Kloschüssel liegt schon mein stinkender Kot. Außerdem bin ich splitternackt. Ein verblüffender Moment, denn so hat mich noch kein Lebender gesehen. Und nie hätte ich gedacht, daß es je dazu kommen würde. Seltsam, daß ich vor lauter Überraschung den Hausmeister nicht erkenne. Statt dessen brülle ich, was das Zeug hält. Der Hausmeister schlägt verzweifelt die Tür zu, verzieht sich aber nicht, sondern gibt vom Vorzimmer aus irgendwelche Erklärungen ab, schreit, ich müsse doch verstehen. Er sei ernsthaft erschrocken, habe geglaubt, mir sei etwas zugestoßen, da ich nicht ans Telefon rangegangen sei. Ein Journalist wollte mich sprechen, habe dann bei ihm angerufen, und er habe vergeblich an die Tür geklopft.

Ich schreie, ich sei joggen gewesen, hätte nicht rangehen können.

Dann habe der andere nochmals angerufen, und er sei wieder gekommen, hätte geklingelt und geklopft.

Ich sei gerade erst zurück, schreie ich.

Da habe er gesehen, daß im Badezimmer Licht brennt.

Weil ich scheiße, schreie ich durch die Tür, und jetzt solle er mich gefälligst in Ruhe lassen.

Am liebsten würde ich laut loslachen, obwohl ich aufgebracht bin. Noch bin ich mit dem Scheißen nicht zu Ende und muß mich in diesem Gestank herumzanken. Aber was soll man mit einem Menschen anfangen, der so besorgt und fürsorglich ist. Ich schreie und lache lauthals, alles umsonst, er rührt sich nicht von der Stelle.

Weiterscheißen aber kann ich nicht, solange er zu mir spricht und ich zu ihm. So bin ich nun einmal erzogen.

Diese Episode stellt jedenfalls den Höhepunkt an Entlarvung in meinem Leben dar. Für das Schreiben könnte ich täglich etwas dieser Art gebrauchen. Bevor ich zu arbeiten beginne, rufe ich sie mir möglichst in Erinnerung. Alle andern Bilder sind wohl nur dazu da, dieses tief in der Dunkelkammer des Gedächtnisses ruhende unangenehme Bild zu verdecken.

Pinien, deren flache Kronen über der Terrasse schaukeln im Wind. Endlich sind die Zikaden verstummt. Ein Sommertag in Anacapri, der Morgen dämmert herauf.

Seltsamerweise sehe ich die Terrasse aus einem Blickwinkel, der nicht meiner sein kann. Als hinge ich selber in der Baumkrone. Es ist der Blickwinkel der Zikaden, die die ganze Nacht lang unermüdlich musizierten. Sie musizierten, ich aber schlief ruhig und ungestört. Ich schlief, ich fiel regelrecht in jenen metallisch klingenden, tiefen und weiten Raum, den ihr Musizieren auftat. Keine Unterbrechung, nur als ich aufwachte, merkte ich, daß ihre langgedehnten, sägenden Töne keinen Augenblick in mir verstummt waren. Sie hatten meinen Schlaf traumlos gemacht. Doch obwohl ich mich von ihnen nicht hatte stören lassen und sie ihr Musizieren fortsetzten, habe ich von jener Nacht deutliche Bilder. Im Schlaf sah ich, wie der Wind den Musselinvorhang an den beiden großen Fenstern und an der Terrassentür sachte blähte.

Die große Terrasse gehörte auch zu den Nachbarzimmern. Insgeheim rechnete ich damit, daß die Nachbarin, eine verführerische und eiskalte Lesbierin in mittleren Jahren, plötzlich den gebauschten Vorhang zur Seite zieht, ins Zimmer tritt und sich neben mich legt. Mit diesem Gefühl schlief ich ein, mein Körper war auf alles gefaßt. Nachdem wir uns verabschiedet hatten, blieb sie noch lange auf der Terrasse sitzen, als wollte sie es sich überlegen. Ich weiß nicht, warum ich heute der Ansicht bin, sie sei lesbisch. Vielleicht, weil sie nicht kam. Auch ich hätte zu ihr gehen können und habe es nicht getan. Ihr provozierendes Betragen, ihre kühle, ja schroffe Aufmerksamkeit verbanden sich in jener Nacht mit meinem enttäuschten Warten und der Hochzeit der Zikaden. Vielleicht auch deshalb, weil ich manchmal das Gefühl habe, ich bestehe selber aus rücksichtsloser Kälte und leerer Verführung, und weil ich damals mich selbst in ihr erkannt habe.

Nach so vielen Jahren verlangt es mich noch immer wenigstens nach einem Wort, um am Gesehenen und Versäumten Rache zu üben. Ich weiß es nicht.

Leere weiße Wände. Das Licht, das durch den riesigen chinesischen Lampenschirm aus weißem Reispapier sickert, ist hell. Wahrscheinlich habe ich die Lampe eben erst angeknipst, um aus dem Schlafzimmer ins Badezimmer zu gehen. Tagsüber und nachts war es dunkel in diesem langen, endlos langen und hohen Gang. Ich benutzte ihn selten. Gefährlich wurde es, wenn ich die Wohnung vier oder fünf Tage nicht verließ und auch niemanden anrief. Dann knarrten die Dielen dieses langen Gangs noch stärker und mir war, als hätte ich jemanden im Rücken. Wohl aus diesem Grund wählte ich meist einen andern Weg zum Badezimmer. Um dieses Knarren hinter meinem Rücken nicht hören zu müssen, um einem Messer zwischen den Rippen oder dem Anblick eines Unbekannten zu entgehen, der plötzlich durch den halb zugezogenen Vorhang am äußersten Ende des Gangs tritt. Um nicht ein Leben zu führen, das einem englischen Schauerroman gleicht. Ich ging also lieber durch das Arbeitszimmer und die Diele. Dann mußte ich ihn nur kurz überqueren. Zwei, drei Schritte, ein einmaliges Knarren. Auch so war es unheimlich genug, denn die riesige weiße chinesische Lampe leuchtete noch vergeblicher. Im Grunde gab sie ein schönes und friedliches Licht.

Er gehört zu jenen wenigen, die den Bogen fast immer überspannen. Er möchte ins Dunkel sehen und fotografiert ins Licht hinein. Mit jedem Bild überschreitet er eine andere

Grenze. Am liebsten würde man rufen, dort gäbe es nichts zu suchen, im Licht und im Dunkel sei nichts. Aber er beachtet es nicht. Und so hat er unser Verhältnis zu den Mitteln und Grundlagen der Fotografie völlig verändert.

Er arbeitet mit maximalen Kontrastwirkungen, wobei die Spannung seiner Bilder nicht daraus resultiert. Er fotografiert nicht Gegenstände, sondern Hell und Dunkel. Fotografiert die Geometrie Gottes, falls es Gott überhaupt gibt. Die Dinge werden eingesogen und wieder ausgestoßen. Nach eigenem Bekunden interessiert ihn, wie »Struktur und menschliches Gefühl in einem Bild zusammengebracht werden können«.

Wahrscheinlich gar nicht. Wir könnten ihn fragen, an welche Strukturen er denn, mit Verlaub, denke. An die des menschlichen Lebens, eines beliebig ausgewählten Gebäudes oder der Bilder? Handelt es sich bei diesen drei Dingen etwa um die gegenständlichen Analogien seiner asketisch-spirituellen Anschauung, bewegt er sich beim Fotografieren in diesem Begriffsfeld?

Auf solche Fragen kann und muß es keine Antwort geben. Das Fotografieren ist schließlich eine einfache Sache. Man bleibt stehen, drückt auf einen Auslöser und antwortet damit auf das, was sich dem Auge darbietet.

Doch eines wird auf seinen Bildern wirklich sichtbar: wie die unterschiedlichen Strukturen an der Grenze von Licht und Schatten sich berühren. Zwischen Hell und Dunkel plazierte er den Begriff der Masse. Das ist seine erste große fotografische Entdeckung. Licht und Schatten bringen an der Oberfläche eines Baukörpers, der über eine selbständige statische und stilistische Struktur verfügt, dessen banale geometrische Eigenschaften zur Geltung. Die Spannung seiner Bilder resultiert aus der verschiedenartigen Berührung von Natur und Mensch. Durch diese Spannung aber bezeichnet und umschreibt er eine bislang unbekannte Struktur, die seinen Bildern als reflektierte Emotion innewohnt. Dies ist seine zweite fotografische Entdeckung.

Er führt die Fotografie hinaus aus dem Chaos unmittelbarer Gefühle.

Man könnte es auch anders formulieren. Die moderne Architektur bedurfte eines Fotografen, und noch bevor sie sich dieses Bedürfnisses bewußt wurde, tauchte ein Mann mit abenteuerlichem Namen auf, der es just auf den entlegensten Gegenstand der Architektur abgesehen hatte, auf die Baumasse. Seine visuelle Passion galt dem Lebendgewicht der Architektur. Dieses aber setzt sich aus dem realen Gewicht des verwendeten Baumaterials und aus dem virtuellen der Bauarbeit zusammen.

In Lucien Hervés Fotokunst ist die Architektur nicht Objekt, vielmehr ein Thema wie Licht und Schatten. Linie und Oberfläche bilden die realen Analogien seiner metaphysischen Recherche. Hervé bleibt nicht vor namhaften Gebäuden stehen, um den Auslöser zu betätigen, obwohl er gelegentlich genau dies tut, vielmehr sucht er im starken Kontrast der Linien und Flächen eine Struktur, die seinen persönlichen Gefühlen entspricht. Ihn interessiert – immer im Verhältnis zu seiner individuellen Emotionalität –, was für eine Fläche das Licht auf eine Baumasse projiziert, was für eine Linie der Schatten zeichnet.

Wenn wir versuchen, uns seinen Fotografien mit Worten anzunähern, was bedeutet, den Sinneseindrücken seiner Bilder zu folgen, so stoßen wir alsbald auf zwei aus der Malerei bekannte Phänomene. Eine stark beleuchtete Oberfläche wirft auch dann keinen geraden Schatten, wenn die Baumasse gerade Kanten aufweist. Und umgekehrt. Es gibt keine Oberfläche, die nicht mit ihren dem Zufall ausgelieferten Details die historischen Besonderheiten des Baukörpers zur Geltung bringen würde. Was Oberflächenbehandlung und Linienführung betrifft, so gibt es bei Hervé keinen Unterschied zwischen Schalenbeton, Marmor, Lehm und vom Regen zerfressenem Sandstein. Und selbst wenn er einen menschlichen Kopf fotografiert, geht es ihm um Fläche und Linie.

Seine Oberflächenbehandlung verweist auf die klassische Malerei, seine Linienführung auf die Freihandzeichnung, und nur seine Komposition erinnert – entgegen allen konträren Aussagen – an den Konstruktivimus. Das wäre seine dritte, historisch vielleicht bedeutendste fotografische Entdeckung.

Er knüpft mit der Fotografie nicht da an, wo die Malerei einen selbständigen Weg einschlug, vielmehr da, wo sie nach mehreren tausend Jahren visueller Geschichte angekommen war. Und gewissermaßen erst nachträglich verordnet er ihr die bittere Pille der Abstraktion. Mit dem Lebendgewicht und der historischen Kraft der Baumasse, mit der sachlichen Oberflächenbehandlung und der freien Linienführung zwingt er die Fotografie, sich weniger auf Thema und Technik als auf ihre echten, sozusagen spirituellen Fähigkeiten zu besinnen. Er eliminiert die Sentimentalität und ersetzt sie durch klare Gefühle.

Die Objekte seiner Bilder sind fast immer einsam. Ein einzelner Mensch, eine fischförmige Wolke, ein weißes Pferd, ein einzelner Vogel. Wobei diese Vereinzelung an einen architektonischen Raum gekoppelt ist, der auf kollektiver Arbeit beruht. Es ist die kühle Einsamkeit der Individualität.

Angesichts des anarchischen, mörderischen, zerstörungswütigen, sinn- und ergebnislosen Kampfes, der unter dem Etikett Privatisierung, ursprüngliche Akkumulation, Kapitalkonzentration und Globalisierung geführt wird, in Wirklichkeit aber Gesetzlosigkeit, Mord, Ausbeutung und Korruption bedeutet, beginnt man allmählich dem Darwinismus zuzuneigen. Schüchtern beobachte ich das geheime Leben der Katzen. Ob es in ihrer Geschichte wohl auch Revolutionen gegeben hat, oder ist jedes Ereignis nur die Abwandlung eines andern Ereignisses? Und wird es in der Geschichte des menschlichen Bewußtseins noch je einen großen Sprung nach vorne geben, oder bleibt es bei der ewigen Wiederholung nach ein und demselben mythologischen Muster, auf einem endlosen evolutionären Plateau?

Ein Gast kam jeden Tag in die Konditorei und bestellte heiße Schokolade mit Schlagsahne. So vergingen die Monate, die Jahre. Immer wenn der Kellner das Getränk brachte und es geschickt auf das Marmortischchen stellte, erhob sich der Gast, zahlte eilig, ohne ein Wort zu verlieren, ging hinaus und erbrach sich.

Eines Tages fragte ihn der Kellner, ob es nicht besser wäre, er würde etwas anderes bestellen oder eine andere Konditorei aufsuchen. Wie er auf eine solche Idee käme, erwiderte der Gast ziemlich empört. Der Kellner verstummte, brachte die heiße Schokolade mit Schlagsahne, und wieder vergingen etliche Jahre. Wenn das Getränk kam, erhob sich der Gast, zahlte, ging hinaus und erbrach sich an einem Laternenpfahl.

Dem Kellner fiel es immer schwerer, dem Gast die heiße Schokolade mit der hübschen Sahnenhaube zu bringen. Schon am frühen Vormittag verspürte er einen leichten Druck im Magen, wenn er daran dachte, wie der Gast ruhig und gemächlich durch die Eingangstür treten würde. Dann kam der Tag, als er mit seinem Silbertablett nicht mehr bis zum Tisch des Gastes gelangte. Samt Schokolade und Schlagsahne rannte er hinaus auf die Straße, blieb beim Laternenpfahl stehen und übergab sich. Das Silbertablett in der Hand balancierend, versuchte er kehrtzumachen, dann brach er zusammen und war auf der Stelle tot. Der Gast beweinte seinen guten alten Freund, hatte aber fortan keine Lust mehr, jeden Nachmittag in die Konditorei zu gehen und heiße Schokolade mit Schlagsahne zu trinken.

Auch hier hat die sozialistische Diktatur tiefe Spuren hinterlassen, doch das Land macht einen ruhigen, geordneten Eindruck, und seine Naturschönheiten sind beneidenswert. Die Menschen wirken verschlossen und sehr fleißig. Der Staatspräsident und seine Frau gleichen sich ein wenig. Beide sind schön, zuvorkommend, freundlich, ein bißchen zu wortreich, in ihren Gesten aber eine Spur zu sparsam. Dies die Fassade des Landes, es hat aber auch andere, verborgenere Seiten.

Seit zwei Tagen regnet es in Strömen, und es ist kalt. Nach der imposanten Zeremonie der Preisverleihung hat sich das Präsidentenpaar mit seiner Begleitung sofort in die rückwärtigen Zimmer eines zwischen riesigen Bäumen versteckten kleinen Hauses zurückgezogen. In dem offenen, schuppenartigen Teil, der Touristen als Logis dient, amüsiert sich das gemeine Volk. Der Ehrengast, dessen Name aus gegebenem Anlaß in Marmor eingraviert wurde, würde sich am liebsten verkrümeln, da ihm dies aber versagt ist, sucht er die Toilette auf. Draußen wird er von zwei stattlichen Leibwächtern erwartet, die ihn fest an die Kandare nehmen. Sie verraten ihm nicht, wozu die Eile und wohin es geht. Hinaus in den Regen, zum Eingang eines kleinen Gebäudes aus Naturstein, wo ein Heer von Leibwächtern den Weg versperrt. Dennoch ist der Raum, den sie betreten, brechend voll. Es sind ausschließlich Männer in Anzügen, die alle stumm dastehen, dicht gedrängt. Geduldig, aber nicht ohne Spannung, verfolgen sie, was sich im Innern des Hauses abspielt.

Der Staatspräsident und seine Frau sitzen in einer Ecke des Zimmers, am Kamin. Mit dem Rücken zu den Gästen. Auf dem Tisch Rotwein, Schinken in Scheiben, Braten, Wurst, Speck, Fleisch, Fleisch, auf riesigen Platten. Sie essen mit der Hand, das tun auch ihre Begleiter, nur voller Gier, sie trinken, schreien, stopfen alles in sich hinein, als befürchteten sie, der Zauber wäre gleich zu Ende. Doch weit gefehlt. Am Kopfende des Präsidententisches steht ein imposanter Mann in weißer Schürze, vor sich ein Gestell mit einem mächtigen Schinken. Diesen tranchiert er mit der dünnen Klinge seines langen Messers horizontal in hauchdünne Scheiben. Er arbeitet gelassen und unermüdlich, ohne sich zu bewegen, ohne den Schinken auch nur mit einem Finger zu berühren, und läßt Scheibe um Scheibe auf die Teller der Anwesenden gleiten. Der Schinken wird am Präsidententisch verspeist, zusammen mit den Würsten, dem Trockenfleisch, dem Fleisch, dem Fleisch.

Im Zimmer steht ein weiterer gedeckter Tisch. Die Platten mit Speck, Würsten und verschiedenem Aufschnitt sind noch unberührt, ebenso der große Brotlaib. Auch vom Wein hat noch keiner getrunken. Neun Personen stehen im Zimmer. Sie beobachten stumm, was sich am Präsidententisch abspielt. Ihre Gesichter wirken aufmerksam und kontrolliert, angespannt betrachten sie den Staatspräsidenten und gierig die Berge von Fleisch. Am Präsidententisch sitzen nur Männer. Unter den Stehenden ist auch eine junge blonde Frau. Eine Schauspielerin. Neben ihr der Minister, dann – erstaunlicherweise – der Kulturminister, es folgt irgendein Generalsekretär – der Ehemann der Schauspielerin –, und so weiter. Lange geschieht nichts. Alle betrachten den Präsidententisch, die Fleischberge. Nach einer Weile besinnt sich der Generalsekretär, denn er weiß, daß man ausländischer Sitte gemäß den Preisträger zu Tisch bitten sollte. An den Präsidententisch kann er ihn vermutlich nicht führen, aber er sieht sich auch nicht ermächtigt, ihn an den leeren Tisch zu setzen. Etwas verlegen nimmt er sich dennoch ein Herz, sie bleiben neben dem leeren Tisch stehen, ohne daß er den Ehrengast auffordert, Platz zu nehmen. Er sagt, die heimischen Sitten sähen vor, daß der Gast zuerst vom Wein trinke. Der Ehrengast, dessen Name in Marmor eingraviert wurde, trinkt allein. Dann muß er auch das Brot brechen, denn die andern dürfen erst essen, wenn er davon gekostet hat. Der Ehrengast wird aus seiner Lage nicht recht klug. Nun hat er das Brot gebrochen, darf sich aber noch immer nicht setzen. Eigenmächtig tut er es doch, was ihm die andern sichtlich verübeln, denn von da an wechseln sie mit ihm kein einziges Wort. Sie greifen zu Brot und Fleisch, essen und trinken.

Vom Präsidententisch kommt kein Zeichen. Sitzend essen, während die andern stehen, ist nicht besser, als stehend essen. Nach einer Weile halten es auch der Generalsekretär und seine Frau nicht mehr aus und setzen sich. Jetzt gibt es drei

Rebellen. Die andern stehen noch immer, essen brutal mit der Hand, wie die Männer am Präsidententisch. Die beiden Minister essen und reden nicht, Speis und Trank interessieren sie nicht, sie blicken starr zum Präsidententisch. Dort senken die Männer, mitten im raschen Verzehr von Brot und Fleisch, bisweilen ihre Stimme und beginnen zu flüstern. Dann wird es völlig still im Zimmer. Worauf sie noch leiser sprechen müssen; sie beugen sich über den Tisch, ganz nah ans Ohr des Staatspräsidenten. Das weckt in den Ministern die Befürchtung, sie hätten etwas Wichtiges verpaßt.

Der Preisträger ißt Fleisch und Brot, spürt aber, daß ihn das Essen nicht lange beschäftigen wird. Mit einigem Interesse verfolgt er, wie sich am Präsidententisch die Männer in undurchschaubarer Reihenfolge abwechseln. Also müßte auch er einmal an der Reihe sein. Nur ein einziger Mann an der Seite des Präsidenten hat seinen Platz nicht verlassen. Die Audienz der Staatshäupter ist zugleich geheim und öffentlich. Doch der Mann, der den Schinken schneidet, kann am Kopfende des Tisches das bedeutungsvolle Flüstern durchaus vernehmen. Und im Vorzimmer stehen die andern, die wachsam beobachten, was sich um den Tisch herum abspielt. Auf den Tisch des Preisträgers und der hier mampfenden Männer hat es sichtlich keiner abgesehen. Was bedeutet, daß sie zwar anwesend sein müssen, doch keinen wichtigen Rang bekleiden. Jedermann scheint sich hier zu fragen, ob er überhaupt an die Reihe kommt. Von dem großen fetten Schinken jedenfalls, den der weißgeschürzte Riese unablässig tranchiert, bekommen nur die etwas ab, denen es gelungen ist, am Tisch des Präsidenten Platz zu nehmen.

Zwischen den beiden Tischen steht eine stumme Zeugin,

die sich aus irgendeinem Grund weder rühren noch zu Wort melden darf, die Ereignisse aber sorgsam überwacht. Über ihren Lippen und auf ihrer Stirn glänzen dicke Schweißtropfen, obwohl es nicht warm ist. Sie trägt einen kurzen Rock und eine leichte weiße Bluse. Ihre Blässe läßt darauf schließen, daß ihr kräftiger Körper voller Angst, Anspannung und Nervosität ist. Neben ihr, an der offenen Feuerstelle, liegt auf einer riesigen ovalen Platte noch ein mächtiger Schinken im Brotteig. Die junge Frau wartet sichtlich darauf, die Platte als nächsten Gang auf den Präsidententisch zu stellen. Der hellbraune, dunkle, knusprige und krustige Brotteig ist entlang dem einzigen entschlossenen Messerschnitt des Bäckers im heißen Ofen aufgeplatzt, und durch die Ritze schimmert das rote, fette, strotzende Fleisch des Riesenschinkens.

Zwischen dem Vorzimmer und dem Präsidententisch ein gleichmäßiger Besucherstrom. Es geschieht nichts weiter: Die Untertanen kommen und gehen. Auf einer alten, braunen Anrichte der Jahrhundertwende mehrere große Körbe mit Nußkuchen. Als am Präsidententisch schon seit geraumer Zeit kein Schinken mehr verspeist wird, bringt die junge Frau eine Platte davon zum Tisch des Ehrengastes. Der Schinkentranchierer indes läßt von seiner delikaten Kunst nicht ab, unerschütterlich schneidet er am Präsidententisch Scheibe um Scheibe, immer horizontal. Nun erscheint auch ein bislang unbekannter, schwarz gekleideter, unglaublich dicker Mann; nachdem er sich den Schweiß von der Stirn gewischt hat, tritt er zur ebenfalls schwitzenden jungen Frau, und zusammen tragen sie den Schinken im Brotteig feierlich zum Präsidententisch. Der Schwarzgekleidete macht sich jetzt mit einem langen Messer zu schaffen. Unter der Klinge platzt die harte

Kruste der Länge nach entzwei. Und zwischen dem weichen, auseinandergefalteten Brot liegt der Schinken, schön gebräunt im eigenen Fett. Auch davon sollte der Tisch des Ehrengastes seine Portion bekommen.

Die Reste des Präsidentenschinkens, von denen am Tisch des Ehrengastes noch reichlich übriggeblieben ist, sowie einige Körbe voll Brot werden nun rasch ins Vorzimmer hinausgetragen, wo alles in wenigen Augenblicken in gierigen Händen und Mündern verschwindet. Der Ehrengast aber, dessen Name in Marmor eingraviert wurde, erhebt sich wortlos, nimmt zwei Stücke Nußkuchen und verläßt das Haus ohne Abschiedsgruß.

Draußen regnet es noch immer in Strömen. Im beleuchteten Schuppen die Stimmen des großen Volksgelages. Wie ein Tier stopft er die beiden Stücke Nußkuchen in sich hinein und genießt es, daß er im strömenden Regen klatschnaß wird. Satt und dumm grinst er in die undurchdringliche Nacht.

»Herzlich willkommen im Paradies«, sagt mein Traum auf deutsch. *»Hier gehen alle Ihre Wünsche in Erfüllung, und gleichzeitig werden Sie für alle Ihre erfüllten Wünsche streng bestraft. Wir bestrafen Sie aber auch für die Wünsche, die nicht erfüllt werden konnten.«*

(1999)

Traumwirtschaft

Jeder Buchstabe ist auf ein extra Blatt geschrieben, die Sätze liegen auf der nackten Erde: »*Paris verlangt den geraden Weg von einem Punkt zum anderen. Wien will Schnaps.*«

Die Sonne scheint, es ist Frühling, vielleicht Sonntag. Ein Windhauch fächert die Zettel auf, bläst einen hoch, verschiebt den anderen ein wenig, doch nicht so, daß er die Buchstaben der Sätze durcheinanderbrächte. Die Stadt ist woanders, nicht da, wo ich bin. Ich darf die Sätze nicht vergessen, das ist meine Aufgabe, sie nicht zu vergessen. Gegen den Wind kann ich nichts ausrichten, und irgendwann kann ein stärkerer Windstoß kommen. Dennoch möchte ich sie nicht gern im Gedächtnis behalten, sollte sie vielleicht doch besser vergessen, denn ich bin mit diesen Sätzen nicht zufrieden. Oder ich sollte sie eben umordnen, der Wind verschiebt sie ohnehin. Wie wäre es, besser zu sagen: »*In Paris kommen die Menschen bestimmt von A nach B, während sie in Wien höchstens Pálinka saufen.*« Auch damit bin ich nicht zufrieden. Diese Sätze sind nicht im mindesten besser und verständlicher als die auf der Erde liegenden. Und gibt es einen triftigen Grund, statt Schnaps Pálinka zu sagen? Bin ich zum Austausch an einem so wesentlichen Punkt befugt? »*In Paris ist es nicht unmöglich, A zu sagen und nach B zu kommen. In Wien ist das nicht möglich, aber man trinkt Schnaps.*« Auch das ist nicht gut, außerdem habe ich gar nicht so viele Buchstaben für den Tausch.

Unterdessen spüre ich, wie ich zwischen Tiefschlaf und Oberflächenschlaf hin und herpendele. Unten ist es dunkel, oben hell. In der Tiefe verstummt mein Satz, dort kann ich nicht lösen, was ich lösen muß. Und wenn ich an die Oberfläche gerate, trennt mich fast nichts mehr vom Aufwachen, und ich fürchte, ihn zu verlieren, bevor ich ihn noch in Ordnung hätte bringen können. Ich denke zu viel nach. Ich darf diese Sätze nicht so ummodeln, daß ihr Sinn nicht mehr mit dem des Originals identisch ist, wiederum kann ich die Anzahl der Buchstaben nicht ändern, weil mir nicht mehr Buchstaben zur Verfügung stehen. Außerdem kann ich in dem Satz über Wien nicht Pálinka für Schnaps einsetzen, und zwar nicht nur, weil ich nicht genug Buchstaben für diesen Austausch habe, sondern vor allem, weil man in Wien keinen Pálinka trinkt. Man trinkt allenfalls Schnaps, aber auch das nicht in solchen Mengen, daß es für die Wiener charakteristisch wäre. Also habe ich nicht nur mit der Wortbildung Probleme, sondern auch mit der Bedeutung, die das Wort dem Satz gibt. Und warum sollte ich mir einen Satz über die Wiener merken, der überhaupt nicht charakteristisch für sie ist? Tausche ich Schnaps einfach gegen Pálinka aus, verliert der Satz gerade die eigentliche sprachliche Würze, durch die er die Wiener zu charakterisieren beabsichtigt, wenn diese Charakteristik auch dem Sinn nach von vornherein falsch ist. Und warum sollte ich mir falsche Sätze merken oder mich mit falschen Sätzen abmühen? Überhaupt, was wollte man damit sagen? Wollte man etwa sagen, daß in den benebelten Hirnen der Wiener nichts vor sich geht, daß sie Hohlköpfe sind, während die Pariser wissen, was sie wollen, weil sie nüchtern sind? Wozu dann das ganze sprachliche Versteckspiel? Wenn es tatsächlich so ist, dann muß man sagen: *»Die Pariser sind nüchtern, sie wissen, was sie wollen. Die Wiener mit ihren benebelten Hirnen sind Hohlköpfe.«* Mich wundert, daß ich eine so schmeichelhafte Ansicht von den Parisern haben soll und eine so abschätzige von den Wienern. Nein, das ist auch nicht gut, ein ungerechter Satz kann nicht gut sein. Dazu kann mich niemand zwingen. Ich protestiere und erwache mitten in der Nacht.

Darauf schreckt mich am selben Tag die eigene Stimme aus dem Nachmittagsschlaf. Im Traum hatte ich gerufen: *»Vienne est à droite.«* Und nur halbwach, während der Verstand die zurückgebliebenen Traumworte herbeiruft, setze ich etwas leiser hinzu: *»Und dann liegt Paris links.«*

Als sei das die Deutung meines nächtlichen Traumes.

Nachdem ich erwacht bin, sehe ich aus dem Fenster. Geschmolzener Schnee, Regen, Wassergurgeln aus den Kanälen. Zwischen dem Haus und dem Zaun Fußspuren. So als wäre dort ein einzelner in der Nacht tausendmal hin- und hergegangen, oder wer weiß wie viele Menschen wer weiß wie oft. Bis zu den Knöcheln waren sie eingesunken und hatten mit ihren Füßen einen matschigen Weg ausgetreten und in den Boden getrampelt. Ich verfolge, wohin die Spuren führen und worauf sie aus waren. Jenseits des Zauns, unter den kahlen, vor Nässe glänzenden Büschen weichen meine Zeitschriften und Bücher auf. Ich weiß, wer sie stiehlt. Zum Wegschaffen des letzten Packens war keine Zeit mehr, der Morgen hat ihn bei der Tat überrascht. Anscheinend wartet er ab, bis es wieder dunkelt, und läßt dann von seinen Helfern wegtragen, was übriggeblieben ist. Ich könnte hinausgehen, es zurückholen, doch das hätte überhaupt keinen Sinn. Sie sind dumm, unglaublich, unsäglich, unendlich dumm. Denn die Bücher habe ich doch nur aufgestellt, um mit ihnen die wirklich wesentlichen Dinge zu verbergen, und sie, dumm wie sie sind, haben nicht weggeschleppt, was Sinn und Wert hätte, sondern lediglich die Maske. Sollen sie doch. Nun wird wenigstens jeder, der Augen und einen Funken Verstand hat, sehen, was ich versteckt hatte.

Veronika blickt mich ratlos an, ihre Schönheit macht mich schwach. Aber ich kann ihr nichts Ermutigendes sagen, alle Erfahrung ist umsonst. Wir stehen so eng beieinander, daß einer den Atem des anderen spürt. Ich umarme sie, und sie umarmt mich, doch es ist mehr ein Anklammern. Sie ist abgemagert und dadurch noch schöner geworden. Ihr Gesicht berührt das meine. Ich bedeute ihr, daß wir hier nichts mehr verloren haben. Sie folgt der Geste und dem Blick.

Wir befinden uns in einer herrschaftlichen Wohnung, man blickt in erlesen und üppig eingerichtete, gepflegte und sonnendurchflutete Räume. Auf geöffnete Flügeltüren folgen geöffnete Flügeltüren. Doch auf den Möbeln, den Teppichen, dem glänzenden Fußboden liegen ärmliche Habseligkeiten herum, Bündel, mit Bindfaden verschnürte, schäbige Pappkoffer, schmutzige Schuhe und durchnäßte Kleider. Menschen kommen und gehen, lärmen. Allesamt Flüchtlinge, sie haben Veronikas Wohnung in Besitz genommen. Sie mußte sich in diesen hinteren Trakt zurückziehen; tat es von sich aus, wollte diesen Menschen helfen, aber jetzt erträgt sie es nicht länger.

In dem großen Lärm läßt sich noch zarte, klassische Musik vernehmen. Es ist die letzte unversehrte Schallplatte, und weil ich reiche Fluchterfahrungen habe, weiß ich, wenn diese Platte abgespielt ist, bleibt nichts mehr von dem, was war. Das zu erleben, möchte ich ihr ersparen, möchte nicht, daß sie das hier durchmachen muß, daß es vor ihren Augen passiert. Ich sage, wir müssen so schnell wie möglich hier weg. Aber wohin denn? Ganz egal wohin. Nur noch den Mantel holen! Laß den Mantel! Die Tasche, wenigstens die Papiere! Nichts, nichts, laß uns gehen!

Als wir auf die Straße treten, breche ich beinahe zusammen. Sie verläßt sich so sehr auf mich, daß sie noch nichts bemerkt hat, sie ist arglos, doch mir genügt ein Blick, und schon weiß ich, daß es ein verhängnisvoller Irrtum war. Wir hätten trotz allem bleiben sollen. Also kann uns tatsächlich keine noch so reiche Erfahrung vermitteln, was uns erwartet. Dabei hatte ich vorsichtshalber aus dem Fenster gesehen. Und dennoch nicht bemerkt, was geschehen ist. Die Häuser sind, wie barocke Pestsäulen, von krebsartigen Geschwüren überwuchert. Die Fassaden schwellen an und blähen sichtbar auf, unter dem Druck stülpen sich vor allem an den Fensterrahmen die Mauern nach außen. Der Putz wird rissig wie Haut, wo er nicht mehr hält, platzt er lautlos auf, dünn beginnt Mörtel zu rieseln, schon bersten Ziegel, Steine, quellen die Fensteraugen heraus, die Rahmen halten nicht länger stand, zerspringen knackend, und die Scheiben fallen klirrend heraus.

Hier noch nicht. Nur noch wenige Augenblicke, und auch hier wird es mit der Ahnungslosigkeit vorbei sein. Hier setzt es erst ein, von weitem aber hört man schon das Klirren, das

Kreischen der Fugen, das Krachen der aus den aufbrechenden Wunden stürzenden Steine und Ziegel.

Eine große schwarze Staatslimousine ist einfach auf meinen Hof gefahren. Sie hat meine Zyklamen, den Efeu und die Farne unter ihren Rädern zerdrückt und parkt zwischen den Bäumen. Ich bin aufgebracht. Der dicke Fahrer ist zufrieden, er hat in der drückenden Hitze Schatten gefunden. Alle Türen sind geschlossen, und aus dem Fahrzeug brüllt, als sei es ein einziger Lautsprecher, Musik heraus. Daß dort, wo er parkt, schwarze Beeren vom Baum herunterfallen und seine glänzende Karosserie im wahrsten Sinne einscheißen werden, hat der Idiot natürlich nicht mitgekriegt. Ich bringe es nicht über mich, nichts zu sagen, obwohl ich besser schweigen würde. Es ist mir im voraus klar, daß sein Benehmen noch unerträglicher sein wird als der Anblick der zerdrückten Pflanzen oder diese Musik.

»Mein Herr, seien Sie so freundlich und fahren Sie Ihren Wagen hier raus.«

»Was sagen Sie? Haben Sie keinen Respekt gelernt? Was ist das für ein Ton!«

»Wenn ich fragen darf, was hätte ich denn sagen sollen?«

»So etwas fragen Sie noch? Hat Ihre Mutter Ihnen keinen Anstand beigebracht? Sie könnten wenigstens Entschuldigung sagen. Entschuldigung. Damit sollten Sie jeden Satz beginnen, verstehen Sie? Entschuldigung, es tut mir aufrichtig leid, aber hier können Sie nicht stehen, Entschuldigung.«

»Entschuldigen Sie mal, müßten nicht Sie um Entschuldigung bitten?«

»Aber warum sollte ich um Entschuldigung bitten? War

Ihre Mutter eine Hure, daß sie Ihnen davon nichts beigebracht hat?«

»Schließlich haben Sie doch das Hoftor ausgehängt, das teure Schloß kaputtgemacht und meine ganzen Pflanzen zerdrückt. Das hat überhaupt nichts mit meiner Mutter zu tun.«

»Ja gut, wenn Sie am Platz gewesen wären. Aber waren Sie da? Sie waren nicht da. Warum sollte ich also das teure Schloß nicht kaputtmachen?«

Mich überkommt das Gefühl, als hätte ich ihn grundlos beschuldigt, als hätte ich in der Tat zur Stelle sein müssen. Als gäbe es irgend so eine neue Verordnung, nach der ich hier jederzeit auf Posten zu stehen und das Geschehen zu verfolgen hätte.

»Wen hätte ich um Erlaubnis bitten können, wenn Sie nun mal nicht da sind? Außerdem, warum soll ich mich für etwas entschuldigen, was ich doch sowieso tue? Und wenn ich es sowieso tue, warum soll ich dann um Erlaubnis bitten?«

Ich soll ein Kind zur Welt bringen. Jemand, der es nicht gebären wollte, hat es mir einfach in dieser gelben Plastikschale in die Hand gedrückt. Man muß kontinuierlich und gleichmäßig rühren, damit sich das Gelbe nicht vom Weißen trennt. Wenn das Rühren nicht gleichmäßig genug ist und sich das Weiße vom Gelben trennt, wird das Kind nicht makellos sein, beziehungsweise es wird ihm irgendein wichtiges Organ fehlen. Außerdem muß ich beim Rühren darauf achten, daß sich meine Angst nicht auf die Bewegungen auswirkt, weil sie sonst nicht gleichmäßig genug werden. Ich müßte über etwas Herr werden, dessen ich nicht Herr bin.

Ich sitze mit der Schale auf dem Bettrand, im Schlafzimmer. Meine Frau hat sich schon hingelegt und verfolgt meinen Eifer mit nachsichtiger Aufmerksamkeit. Eigentlich müßte nicht ich das tun, sondern jene Frau, mit der ich es gemacht habe. Meine Frau sagt keinen Ton, ich lese ihr von den Augen ab. Ihre nicht geringe Genugtuung, daß diese Frau mir die Schale einfach so in die Hand gedrückt hat. Und daß ich nicht die Fassung verlieren soll, sagt meine Frau mit ihren Augen, wenn das Kind einen kleinen Fehler hätte. Wie es wird, wird es gut. Hauptsache, es kommt zur Welt.

Aber nein, es wird überhaupt nichts gut. Die in der Schale verrührte Substanz gerinnt ständig, so wie sauer gewordene Milch beim Aufkochen. Ich rühre sie am Schalenrand glatt, streiche die Substanz kräftig dagegen, und wirklich, die beiden Substanzen unterschiedlicher Konsistenz verbinden sich miteinander. In gewisser Weise kann ich also beruhigt sein, mache mir sogar stille Hoffnungen, stelle mir vor, wie es sein wird, wenn der Embryo in der Substanz erscheint. Was natürlich ein dummer Gedanke ist, denn der Embryo soll ja nicht in ihr erscheinen, sondern sie müßte zum Embryo werden; das wäre ja gerade das große Übel, wenn etwas zurückbliebe, wenn sich bestimmte Teile vom Ganzen absonderten. Das Ganze muß geboren werden.

Alles hängt davon ab, wie gleichmäßig sich meine Hand bewegt. Schließlich begreife ich, daß es nach dem Zustand meiner eigenen Ausgeglichenheit geraten wird. Die aber kann kaum vollkommen sein, und so übertrage ich ihm meine eigenen Mängel. Aber noch nicht einmal darüber dürfte ich nachdenken, denn das Denken beeinträchtigt die Aufmerksamkeit ebenso sehr wie die Angst. Nein, daraus wird kein Embryo. Was soll ich gegen das Denken tun? Was soll ich tun, wenn ich sogar schon darüber nachdenke?

»Es ist verdorben«, sagt meine Frau leise. »Aber was soll ich denn machen?« Von meinem eigenen Schreien erwache ich. Im Aufwachen höre ich noch ihre Antwort aus dem gerade verlassenen Traum: »Es wegschmeißen.«

Ich sitze im Dunkeln auf dem Bettrand. Ich überlege, was wohl weggeschmissen werden soll.

Eine Kommission inspiziert die Baumaßnahmen. Ich selbst bin nicht Mitglied dieser Kommission, muß sie jedoch begleiten. Sie sind auch nicht neugierig auf meine Meinung, aber ich muß dabei sein. Vielleicht habe ich mich Freundeszwang gebeugt, es scheint, als habe Imre Kis Pintér das durchgesetzt. Schön, dann soll es sein, auch wenn es nicht den geringsten Sinn hat. Denn genau in der Mitte der Andrássy-Straße wird eine mehrere Stockwerke hohe Mauer errichtet. Aus nationalen Spenden, worauf die Kommissionsmitglieder ungemein stolz sind. Es wird das Denkmal für Sechsundfünfzig. Die Mauer beginnt an der großen Kreuzung Bajcsy-Zsilinszky-Straße und wird die Fahrbahn bis hin zum Heldenplatz zerschneiden. Jetzt sind sie mit dem Bau bereits bei der Oper. An den rohen Ziegelmauern werden allerlei Reliefs angebracht, größtenteils aus Stein oder Bronze, es gibt jedoch auch Originalobjekte. Sterbende Aufständische, weinende Mütter, Fahnen und durch die Mauer ragende Panzerrohre. Leichen, Glasscherben, Schutt. Die Mitglieder der Kommission sind laut und fröhlich. Ich suche verzweifelt nach Worten, Worten, mit denen ich sagen könnte: Das geht nicht, das ist Wahnsinn, das muß abgebrochen, das muß niedergerissen werden.

Es ist Nachmittag, anscheinend Stoßverkehr. Die Fahrzeuge stauen sich, hupen, und auch auf den Gehwegen drängen sich die Menschen dicht an dicht. Doch seltsamerweise streben sie nicht in verschiedenen Richtungen verschiedene Ziele an, sondern steuern auf etwas Bestimmtes zu. Es ist die Nachricht eingetroffen, daß es einen Arbeiteraufstand auf der äußeren Fehérvári-Straße gibt und daß der Literat Péter Balassa zu den Arbeitern sprechen wird. Ich kämpfe mich durch Menschen und Fahrzeuge und steige in eine Trambahn, weil es das einzige Verkehrsmittel ist, das noch relativ ungehindert durchkommen kann. Alle eilen dahin, denn so etwas hat es noch nicht gegeben, daß der Literat Péter Balassa zu den Arbeitern spricht, und jeder möchte das hören. Die Leute sind ziemlich erregt, gleichzeitig sehr verständnisvoll füreinander, denn irgendwie sind sie sich völlig darin einig, daß es so sein muß und daß auch sie es für absolut wichtig erachten, diese außerordentliche Rede zu hören. Die Trambahn bleibt dauernd stehen und rast dann scheppernd weiter, doch als wir den Zsigmond-Móricz-Platz gerade hinter uns haben, wird unsere Lage mit einem Mal aussichtslos. Die Straße ist schwarz von Menschen. Soeben hat uns die Bahn noch beim plötzlichen Anfahren durchgeschüttelt, da muß sie mit einem noch stärkeren Ruck anhalten. Die Menschen im Wagen beginnen zu beratschlagen, was zu tun ist. Ich steige mit einigen anderen aus, weil wir von hieraus bereits eine Abkürzung wissen, wohingegen diejenigen, die bleiben, der Auffassung sind, wir könnten auf diese Weise zwar freie Bahn gewinnen, aber keinesfalls Zeit.

Ich muß eine riesige Wohnsiedlung durchqueren, schmutzige, zwischen abbruchreife Wohnsilos gezwängte Anlagen, in den vollgepißten Säulenhallen, die die Gebäude miteinander verbinden, knirschen Glasscherben unter den Füßen, der Wind jagt Papierfetzen und Staubwirbel umher, man muß Bergen kaputter Möbel und ausgeplünderten, ausgebrannten Autowracks ausweichen, an denen sich offenbar niemand stört. Auch hier sind die Straßen und Plätze voller Menschen, aber anders als sonst in der ganzen Stadt, denn hier gibt es noch welche, die ihren eigenen Angelegenheiten nachgehen, während andere, darum unbekümmert, zu der Versammlung eilen. Auf den Bänken sitzen Großmütter, die Enkelkinder quietschen gelangweilt mit den Schaukeln, gleichzeitig aber ziehen mit Ketten und Eisenstangen bewaffnete Jugendbanden durch das Viertel, verprügeln Passanten, die ihnen in den Weg kommen, werfen Autos um, schlagen Schaufenster ein und plündern, kurz, sie nutzen die Ausnahmesituation aus. Manchmal bleibe ich stehen und ändere meine Laufrichtung. Um die Wahrheit zu sagen, ich fürchte, die Versammlung zu verpassen, zugleich fürchte ich mich auch davor, wie vor meinen Augen andere verprügelt zu werden, trotzdem bin ich von diesem Anblick fasziniert, er erregt meine Neugier. So verlaufe ich mich allmählich, vielmehr bin mir der Richtung nicht mehr sicher.

Ich gerate in irgendeine Innenanlage, wohin es Fremde nur selten verschlägt, und dort sind bereits sämtliche Geschäfte ausgebrannt, aus den unteren Etagen dringt schwarzer Qualm. Die Bäume sind umgebrochen, mit der Wurzel herausgedreht, der Platz ist leer und ausgestorben, aber von irgendwoher brüllt schmetternd und widerhallend Lautsprechermusik. Hastig schleiche ich an den Hauswänden entlang, in großer Angst, daß eine Kettenbande mich überrascht, suche Schutz zwischen den Betonpfeilern der Häuser, renne von Pfeiler zu Pfeiler, blicke um mich und renne, doch vergebens erreiche ich den nächsten, sie nehmen kein Ende. Die Zeit läuft mir hoffnungslos davon. Ich kann auch nicht damit rechnen, daß mir irgendjemand den Weg zeigt, ich würde gar nicht wagen, jemanden anzusprechen. Gerade stehe ich im Schutz eines von Plakatfetzen schuppigen, nach Urin stinkenden Pfeilers, als ich sehe, daß sich der Platz plötzlich mit Menschen füllt. Sie kommen von der Versammlung, und alle sind zufrieden. Auch Péter Balassa ist unter ihnen, er hält nichts in der Hand, was bedeutet, daß er frei gesprochen hat. Fremde Menschen wenden sich an ihn, sein Gesicht ist müde; lächelnd, fragend blickt er die Unbekannten an, antwortet aber nicht. So als hielte er jede Antwort für überflüssige Phrasendrescherei und bemühte sich nur um ein Lächeln, um niemand zu kränken.

Ich komme mit dem Achtundzwanziger vom Berg herunter, der Bus ist ziemlich voll. Er wackelt und ruckelt, tanzt geradezu. Alle halten sich angestrengt fest, jeder gibt acht, daß er bei dem ständigen Geruckel nicht gegen den anderen prallt, alle blicken aus dem Fenster. Keiner spricht mit dem anderen, und dieses Schweigen ist irgendwie feindselig. Die Sonne brennt unangenehm. Eine junge Amerikanerin fragt sehr laut, wo man hier Hotdogs kaufen könne. Die Mitfahrenden starren sie wie ein Wunderwesen an, dann wenden sie unwillig, beleidigt und empört oder mit ausgesprochen verächtlichen Mienen die Köpfe weg. Niemand antwortet.

Dein fremdes Gequake verstehe ich nicht und will ich auch nicht verstehen. Was suchst du hier, unter uns? Du hättest ja Ungarisch lernen können, wenn du schon hierher kommst. So etwas scheint ihr Schweigen und Sichabwenden sagen zu wollen. Das schmerzt mich. Es schmerzt mich, daß sie so ungehobelt sind. Ich möchte antworten, doch ich weiß nicht, wo man hier Hotdogs bekommt, und ich spreche kein Englisch. Der Bus kracht heftig in ein Wasserloch, so daß wir alle zusammen hochgeschleudert werden, was zu kleineren Verletzungen führt. Einer hat sich hier, der andere dort gestoßen, doch alle lachen schrill und reiben ihre Blessuren. Die Stimmung schlägt um. Auf einmal erklären gleich mehrere der Amerikanerin, daß sie an der nächsten Station aussteigen muß, dort komme eine Straße, in die sie einbiegen müsse, sie würde es finden, weil man den ekelhaften Geruch schon von weitem riechen könne. Entgegenkommen schließt, scheint es, Verachtung nicht aus. Das Gefühl kann ich teilen, denn mich widern Hotdogs nicht minder an. Manche erklären es ihr nur mit Gebärden, manche auf englisch und manche auf ungarisch, die Frau nickt, sie freut sich, obwohl sie es nicht ganz versteht; plötzlich ist das Durcheinander hilfsbereiter Stimmen allzu groß geworden. Als der Bus hält, die Türen aufspringen, packen zwei Männer die Frau an den Ellenbogen, tragen sie regelrecht, und draußen zeigen sie ihr, daß sie dort die Csaba-Straße hochgehen solle, sie werde es finden. Der Busfahrer wartet, daß die Männer wieder einsteigen, denn die Frau ist bereits zu ihren Hotdogs unterwegs. Mir kommen während des kurzen Wartens leichte Zweifel, ich kann mich nicht erinnern, daß es in der Csaba-Straße einen Hotdogverkäufer gäbe, aber mit den Zweifeln überkommt auch mich Lust auf irgendetwas, und bevor sich die Bustüren schließen, steige ich aus.

Ich weiß nicht, worauf mir die Lust gekommen ist. Hinter meinem Rücken fährt der Bus davon, ich stehe vor der kleinen Konditorei an der Ecke von Csaba-Straße und Városmajor-Straße. Nach Kuchen würde es mich gelüsten. Drinnen steht eine lange Schlange vor dem Tresen. Der halbnackte Konditor und die hübsche Verkäuferin schäkern so leidenschaftlich miteinander, als wären wir gar nicht da. Sie kichern, knutschen, keuchen, die weiße Hose des Konditors beult sich. Vergebens versuchen die Kunden zu bestellen, die beiden sind mit ihrer pornographischen Vorführung so beschäftigt, daß sie die Bitten gar nicht hören. Die in der Schlange blicken begierig auf den Kuchen, aber es steht zu fürchten, daß sie nichts bekommen werden. Aber es ist ja gar kein guter Kuchen! Es scheint, als hätte man vertrockneten Keks mit Marmelade von undefinierbarer Herkunft bestrichen, die Torten sind zerdrückt, die Schlagsahne zusammengefallen, ganz bestimmt schon sauer, die Creme verschmiert, und die im voraus abgefüllten Eiskugeln schwimmen aufgelöst in Glaskelchen am Tresenrand. Und das ist noch das wenigste. Jetzt bemerke ich, daß der Konditor und das Fräulein sich bei ihrer wilden Schäkerei ständig auf die Kuchenplatten stürzen und dann gegenseitig mit Sahne und Creme beschmieren. Hier auf den Kuchenstücken wird es zum Vollzug kommen. Ich betrachte die arglosen, geduldigen Gesichter der Leute. Ich werde hier weggehen, solchen Kuchen kann ich nicht gebrauchen. Aber ich kann nicht so weggehen, daß ich sie kränke. Ich warte auf einen Moment, zu dem ich mich unbemerkt davonmachen kann.

An diesem Tag wache ich von folgenden zwei Sätzen auf: Ottlik ist tot. Wehe der Freiheit.

Im polnischen Kulturinstitut empfängt der Direktor. Außer mir ist kein Mensch hier. Rasch nimmt er mir den Mantel ab und hängt ihn auf. Es ist der einzige Mantel in der großen, dunklen, holzverkleideten Garderobe. Aus reiner Höflichkeit bemerke ich, wie klug sie mit der Situation fertig geworden seien und wie froh ich sei, ihrer Einladung nachkommen zu können. Das stimmt allerdings nicht. In Wahrheit bin ich besorgt wegen des kriegsähnlichen Zustands. Er lächelt zufrieden, nickt und deutet dezent an, daß das alles ihm, ganz allein ihm zu verdanken sei, aber unser Dialog zeigt eher, daß es so lange gut ist, wie jede Seite die unverschämten Lügen der anderen bereitwillig akzeptiert. Mit einer vertraulichen Geste berührt er meinen Arm, geleitet mich in den Ausstellungsraum und entfernt sich geräuschlos.

Ich bin zu einer Performance gekommen, deren Titel so etwas wie »Der elektrische Raum« heißt, doch in dem Saal deutet nichts auf eine Performance oder auf Elektrizität hin. Wieder einmal bin ich hereingefallen, betrogen. An den Wänden bedeutungslose Bilder, Montagen, Reliefarbeiten und Fotos, ich habe nicht die geringste Lust, sie näher zu betrachten. Es wäre besser, das Ganze hinter sich zu lassen. Mir ist klar, daß ich nicht davonkommen werde, schließlich kann ich nicht ohne meinen Mantel weggehen. Eine gewisse Zeit muß ich auf jeden Fall mit ihrer dämlichen Kunst zubringen. So tun, als ob mich irgendetwas interessiere, diese Verlogenheit schön fortsetzen. Diese vielen dilettantischen Idioten. Außer mir befindet sich noch ein Mann in dem Saal, aber das bemerke ich erst, als ich gezwungenermaßen weiter in den durch Paravents geteilten Raum hineinkomme. Der Mann betrachtet die Bilder. Nach seinem Äußeren ist es ziemlich unverständlich, was ihn hierher geführt hat. Ein großer, ungeschlachter Mensch, ein grobes Gesicht. Jedenfalls kein Mensch, der auf Ausstellungen geht, er gafft unbeteiligt herum. Er trägt eine Nylonsteppjacke, Nylonskihosen und riesige Schneestiefel. Um den Hals einen mehrmals herumgeschlungenen bunten Wollschal, auf dem Kopf eine gestrickte Zipfelmütze, und wegen der Kälte hat er sich auch noch gründlich mit verschiedenen Pullovern eingemummelt.

Leise Musik ertönt, und auch sie ist völlig belanglos. Gerade bin ich dabei, den Raum zu verlassen, da wird die Musik lauter, füllt, überschwemmt, sprengt den Raum, zerreißt das Trommelfell. Der Rhythmus übertönt und zermalmt alles, was noch melodisch sein könnte. Als er nur noch schieres Dröhnen und schmerzhaftes Hämmern ist, beginnt sich der Mann mitten im Saal zu drehen, und als wenn es auch ihm Schmerz bereite und er sich mit einem einzigen Ruck von dem ganzen Schmerz befreien müsse, reißt er sich verzweifelt die Mütze vom Kopf. Aus seinen hervorquellenden dunklen, gelockten Haaren sprühen überall Funken, die Haare richten sich auf, und aus den Haarspitzen schießen, kleine Knallaute von sich gebend, Petarden hoch, die farbige Schweife nach sich ziehen. Ich weiche zurück. Der Mann tanzt. Zerrt die Handschuhe ab. Jetzt schießen Petarden aus seinen Fingerspitzen empor. Er windet den Schal ab, und bei dieser Bewegung erglüht sein Hals von bengalischem Feuer, und das gleiche geschieht, als er sich Mantel, Hose, Pullover und Hemd herunterreißt, denn der Raum zwischen Kleidern und Körper wird mit Elektrizität aufgeladen, es ist nichts da, was sie ableiten könnte, die Arme, der Brustkorb, die Beine, die Schenkel, alle Körperteile und Glieder sind durchglüht, knisternd brennt die Behaarung ab, der glühende Körper fällt nieder, der Boden lodert auf.

Jetzt merke ich, daß es dunkel ist. Der Direktor ist gegangen, um in diesem vorhergesehenen Moment alle Lichter zu löschen. Das Glühen des Körpers. In dem dunklen Raum sollte nichts anderes sein. Aber es ist nur für einen einzigen Moment, denn das Blau erglüht erst zu Gelb, dann zu Rot. Der Boden lodert rot von dem brennenden Fett. Das Glühen des Menschenkörpers wird schwächer. Er hat alles hergegeben. Das Feuer breitet sich aus, ich sollte fliehen. Ich wage nicht, mich zu rühren. Das Licht geht wieder an. Das Feuer verlöscht. Anstelle des Körpers ist ein Fleck geblieben, Asche, auf dem verbrannten Boden liegen überall verkohlte Kleidungsstücke herum.

Ich sitze und lese. Das Buch auf meinem Schoß ist schwer, doch die Lektüre ist leicht und erquickend. Meinen Rücken habe ich gegen den Stamm einer mächtigen alten Weide gelehnt, die Sonne scheint. Der Baum wirft erst leichten Schatten, es ist Frühling, das Laubwerk noch licht, blaßgrün. Manchmal blicke ich auf, in den Zweigen sitzen Vögel. Den ganzen langen Winter habe ich im kalten Haus verbracht, zum ersten Mal genieße ich das wärmende Licht. Niemand weiß, daß ich hier bin. Es wird wohl noch Jahre dauern, bis ich Menschen begegnen kann. In der verwüsteten Landschaft ist nichts geblieben als dieser Baum hier. Stille herrscht. Besser nicht aufschauen und lesen, besser diese Ödnis nicht wahrnehmen und sich einbilden, die Verwüstung nicht sehen zu müssen. Zäune, Klobuden, verfallene Wochenendhäuser, Bauschutt, Müll. Das Wasser ist durch das hohe, noch trokkene Schilf nicht zu sehen, nur die zum Wasser führenden, morschen Stege. Im Sumpfgebiet steht ein Storch, ab und zu stochert er mit seinem langen Schnabel im Schlamm.

Von weitem ist Motorengeräusch zu hören, doch ich kümmere mich nicht darum, ich lese lieber. Ich lese, ich will nicht hier sein, trotzdem kommt das Geräusch immer näher, ich will es nicht hören. Es rumpelt über den Feldweg zum Haus auf mich zu. Wenn ich nicht aufschaue, dann existiert es nicht. Es soll auch nichts da sein. Dann muß ich doch aufblicken, weil sein stinkender, abgasspeiender Schatten über mich hinwegrollt. Ein Traktor zieht einen riesigen, geschlossenen Anhänger. Opernkulissen werden in solchen Anhängern transportiert, und ich verstehe nicht, was die hier sollen. Der Traktor durchbricht kurzerhand meinen Zaun und zieht den Anhänger darüber, fährt um den grasbewachsenen Hof, dann bleibt er stehen. Ich will nichts sehen, es interessiert mich nicht. Doch ich sehe, daß der Sitz der Zugmaschine leer ist, vielleicht ferngelenkt, denke ich. Lange Zeit geschieht gar nichts, bestimmt hat man sie aus großer Entfernung hierher gesteuert, denke ich. Vielleicht wäre es besser, denke ich, so zu tun, als läse ich, denn es könnte ja sein, daß sie auch mich mit ihrer Fernsteuerung sehen. Irgendwie fürchte ich mich vor der Enttarnung. Eigentlich habe ich nichts zu fürchten, trotzdem wäre es mir nicht lieb, wenn sie meine Anwesenheit entdeckten. Nach einer Weile aber öffnet sich die Hintertür des Anhängers, und Männer springen heraus. Dunkle Anzüge, weiße Hemden, Krawatten, diese Sorte anmaßender Beamte. Zu meinem Glück bemerken sie mich nicht, sie gehen zum Steg, und nach kurzer Zeit sind ihre Gestalten meinem Blick durch das trockene Schilf entzogen.

Man sieht in den ausgepolsterten Laderaum, er ist vollkommen leer. Ich bin ein wenig erleichtert; sie sind nicht meinetwegen gekommen, sie werden mich auch nicht entdecken. Ich muß mich hier verkriechen, der Weidenstamm bietet Deckung. Nicht aus der erwarteten Richtung, hinter meinem Rücken tauchen sie auf, kommen gemütlich diskutierend näher, gehen knapp in Armeslänge an mir vorbei und bemerken mich tatsächlich nicht, was merkwürdig, aber angenehm ist. Einer sagt, hier fänden fünfzig Zelte Platz und das sei gerade ausreichend für zweihundert Mann. Solche Männer, denke ich, gehen zum Fußball, spielen Karten, saufen Bier, ihnen gehört die Zukunft; mit solchen Männern darf man sich nicht einlassen, denke ich. Den nächsten, der vorüberkommt, frage ich trotzdem, für wieviele soll Platz sein? Für zweihundert, antwortet er gleichgültig oder eher unwillig. Sie wollen hier zweihundert Menschen unterbringen? frage ich. Ja, antwortet er. Und was beabsichtigen die hier zu tun? Ich frage auch nicht, was der Herr hier macht. Na schön, doch wenn ich fragen darf, wo sollen diese zweihundert Mann hinscheißen? Das darf ich ihnen wohl überlassen, das entscheiden sie selbst. Im übrigen scheißt bei denen jeder dahin, wo er Lust hat. Man könne sehen, mein Obstgarten werde gute Ernte bringen, und auch mein Gemüsegarten scheine groß genug zu sein, und es sei an ihnen, die Verpflegung der zweihundert Menschen zu sichern. Wenn ich nun aber, was das Scheißen angeht, so empfindlich sei, so würden sie eben fünf Buden aufstellen, und ich könne beruhigt sein, denn zweihundert Mann würden die in zwei Wochen ganz sicher vollscheißen. Das sei dann mein Gewinn, damit könnte ich meinen Boden düngen, damit ich im nächsten Jahr wieder schön viel Obst und Gemüse habe, eben so viel, daß es für sie reicht.

Das alles erklären sie ohne jede Aufregung, steigen wieder in den leeren Laderaum des Anhängers, schließen die Türen hinter sich und fahren langsam davon. Also habe ich noch zwei Wochen.

Ich stehe in meinem Zimmer. Genau gesagt, das Zimmer gehört nicht mir, es ist nicht mein Haus, mein Garten, mein Wald, meine Wiese, denn nichts, was hier zu sehen ist, gehört mir, vielmehr kann ich das fremde Gut nur insofern das meinige nennen, als ich mich bemüht habe, mich hier niederzulassen. Ich bin gerade erst fertig geworden, habe alles instandgesetzt, getüncht, gereinigt, eingerichtet. Ein kleines, niedriges, gebälktes Zimmer. In der Ecke ein hübscher runder, lehmbestrichener Bauernofen, durch die kleinen Fenster geht der Blick auf Wälder und Wiesen. Ich habe Ordnung und Sauberkeit um mich herum geschaffen. Aber ich habe mich vergebens bemüht.

Was auch immer ich tat, alles ist dürftig geblieben. Die Qualität der Dinge ist schlecht, da helfen weder Sauberkeit noch Ordnung. Die Dürftigkeit steckt in den Dingen, denke ich. Aus minderwertigen Materialien, von unfähigen Handwerkern ist dieses Haus erbaut worden, Fenster, Türen, Gebälk, Ofen, alles offenbart ihre fahrlässige, achtlose und lustlose Arbeit, ich kann mich allenfalls damit brüsten, ein Museum für fehlenden Sachverstand instandgesetzt zu haben, doch an den Dingen selbst kann ich nichts ändern.

Irgendetwas erschüttert das ganze Haus. Ich blicke schnell zur Decke, doch die schwarz gewordenen alten Balken halten, es bewegt sich nichts. Dagegen sackt vor meinen Augen mit einemmal die Ofenhaube ein. Dann war tatsächlich alles umsonst, der Lehmanstrich, das Tünchen. Der Ofen bricht nicht ein, er fällt nicht zusammen, an der Ofenhaube aber tun sich zentimeterbreite Risse auf. Die könnte ich noch irgendwie verfugen, nur daß der Ofen auf dem blank gescheuerten Fußboden einfach in die Breite geht und immer mehr Platz im Zimmer einnimmt. Wenn ich ihn nicht aufhalten kann, wird er das ganze Zimmer einnehmen. Fieberhaft durchforsche ich mein Gedächtnis, als wüßte ich, was man in einem solchen Fall zu tun pflegt, aber mir fällt nichts ein. Und wahrhaftig, in dem Maße, wie die Ofenhaube zusammensackt, breitet sich der Ofen im Zimmer aus. Ich lege mich ins Zeug, mit Armen und Händen, drücke und wühle dagegen, um seine Ausdehnung zu stoppen, aber da ist wohl nichts zu machen. Ich stoße, trete dagegen. Kann er sich nicht in die eine Richtung ausdehnen, dehnt er sich in die andere aus. Wäre ich nur in der Lage, das Ganze zu umklammern. Aber wie könnte ich das? Da sehe ich, daß die Tritte irgendwie doch geholfen haben, wenn ich ihn trete, breitet er sich nicht weiter aus. Wie ein unfolgsamer Hund läßt er sich also dadurch bezähmen. Ich beobachte ihn. Ja, jetzt bewegt er sich nicht, das schreckt ihn immerhin. Aber sowie ich mich umwende, um mich nach irgendeinem Werkzeug umzusehen und um Hilfe zu rufen, beginnt er wieder von neuem. Zu allem Unglück habe ich die Türen nicht offen gelassen. Nun werde ich sie nicht wieder öffnen können, denn der Ofen hat auch den Boden vor den Türen in Beschlag genommen, und egal was ich jetzt auch tue, der Vorgang ist nicht aufzuhalten. Die Fenster sind zu klein, als daß ich hindurchkommen könnte. Ich muß mir eingestehen, es gibt kein Entrinnen. Schön, dann warte ich, bis er fertig ist, denn über die Wände hinaus kann er sich ja nicht ausdehnen, und so werden wir leben. Eingesperrt in die vier Wände, doch schließlich hat er sich ja auch selbst eingesperrt.

Es ist Herbst, kühl geworden. In diesem vor langer Zeit verlassenen, mit alten Möbeln unpraktisch vollgestopften Forsthaus muß schon geheizt werden. Draußen ist Stille, neblige Dämmerung, Nieselregen. Die Luft hat würzige Schärfe. Überall sind die Wälder abgeholzt, und dieser Wald ist zufällig stehengeblieben; ich genieße den Duft, als sei es die letzte Gelegenheit. Ich muß das Fenster schließen. Drinnen herrscht Lärm, dumpfe Wärme, allgemeines Herumräumen. Die Leute um mich, Frauen, Männer, ältere und jüngere, sind selbstbewußte, energische und entschlossene Menschen, die ihr Handwerk verstehen. Wir sind Freunde und literarische Übersetzer. Das hier ist jetzt das Haus der Übersetzer, wir wollten es für uns und haben es erfolgreich ergattert. Jenseits des Waldes, im Schloß, müssen Menschen zusammenleben, die kein annähernd so gutes Verhältnis zueinander haben, und darum erscheint es besser, ihnen nicht zu nahe zu kommen. Wir haben uns dieses kleine Jagdhaus erobert, jetzt wollen wir es einweihen. Es gibt keine besonderen Einweihungsfeierlichkeiten, aber in der Küche macht jemand Glühwein, andere schmieren Brote. Natürlich ist klar, daß der Platz für so viele Leute knapp sein wird, doch es ist auch klar, daß wir uns, generell, in allem werden einigen können. Während ein paar den Wein und die Brote vorbereiten, gehen wir von Zimmer zu Zimmer und sehen, was wir tun können, um für Ruhe und Frieden zu sorgen und uns das Leben bequemer zu machen.

Mir ist das alles natürlich seit langem vertraut, denn ich wohne schon von Anfang an hier. Mit ein wenig banger Neugier laure ich darauf, was die anderen zu dieser neuen Lage sagen werden, ich bin irgendwie besorgt um meine eigene Ruhe, doch ich brauche gar nichts zu sagen, weil die anderen erklären, daß es so nicht gehen werde, wir seien viel zu viele, und es wäre besser, wenn wir die Zimmer abwechselnd benutzen würden. Andererseits muß eine strenge Hausordnung aufgestellt werden. Darin sind alle sich einig, eine besondere Beratung ist gar nicht nötig. Von uns kennt ein jeder die Denkweise des anderen und respektiert dessen Bedürfnisse. Ein Ausschuß soll gebildet werden, um rasch eine Hausordnung auszuarbeiten, zu der im übrigen ein jeder nach eigenem Geschmack Vorschläge machen kann. Der Ausschuß tritt auch sofort in Aktion, wieder geht man von Zimmer zu Zimmer, und jeder zählt seine Wünsche auf.

Aber vom Schloß soll niemand herüberkommen dürfen. Wir wollen doch kein feindseliges Verhältnis zu ihnen. Dann sollen sie nur auf Einladung kommen dürfen. Wir können ihnen ja nicht verbieten, den Wald zu benutzen, schließlich gehören der Wald und das Jagdhaus ihnen, freilich aber können wir ihnen verbieten, daß sie in der Nähe des Hauses lärmen, Radio hören, mit Hunden jagen, Feuer machen, Holz schlagen, eine Straße bauen oder die natürlichen Gegebenheiten in irgendeiner anderen Form verändern. Beeren, Pilze und Reisig dürfen sie sammeln, aber sie dürfen nicht nach Belieben durchs Dickicht poltern, sondern nur die herkömmlichen Wege benutzen. Und auch uns soll so etwas oder Ähnliches nicht erlaubt sein.

Auf den Fluren soll lautes Sprechen nicht erlaubt sein,

ebensowenig Türenschlagen. Auch im Badezimmer soll Sing- und Pfeifverbot herrschen. Keiner darf den anderen mit seinem Schwatzbedürfnis überfallen, Zimmerbesuche sollen nur nach vorheriger Absprache möglich sein. Dagegen soll jeder das Recht haben, von dem, was der andere kocht, zu kosten, aber nicht erlaubt ist, ihm alles wegzufressen. Das soll das *jus primae kostprobensis* sein. Darüber lacht jeder, wir freuen uns alle, daß es uns so gut gelungen ist, unsere gemeinsamen Angelegenheiten zu regeln. Man kommt aus der Küche, der Glühwein dampft und duftet. Ich bin glücklich.

Es sieht so aus, als kämen die Hunde zum Sterben auf meinen Hof. Wie ich um mich herum sehe, ist das Chaos in der Tat ziemlich groß. Dabei bin ich an allen Gliedern völlig zerschlagen vom ständigen Arbeiten und komme trotzdem nie damit zu Ende. Es ist, als schaffte ich von allem gerade die Hälfte. Von den Stallungen bis zum Hoftor, von den Koben bis zur Scheune trampeln die Tiere den Boden zu Morast. Man kann zwar auf Planken gehen, aber auch die versinken im Schlamm, man muß auf jeden Schritt achten. Den ganzen Tag kann man sich abschleppen, und dabei rutscht man auch noch aus. Vorm Scheuneneingang scharren die Hühner, sie wagen sich bis an den Rand des Schlammsees, die Enten dagegen waten vergnügt mit ihren Schwimmfüßen darin herum. Ab und zu werfe ich Strohballen in den Morast, das ist für ein paar Stunden auch eine Lösung, doch der pausenlos strömende Regen durchweicht alles.

Ich stehe unter der Traufe, warte auf das Ende des Regens. Um die Koben auszumisten müßte ich die Schweine rauslassen. Der Himmel ist finster, er verspricht nichts Gutes. Auch die Pferde müßte ich noch laufen lassen. Eine hohe Umfriedung trennt mich vom Nachbarhof, die Mauer ist jedoch durch den Holzhaufen kaum zu sehen. Auch diese Holzscheite liegen hier so durcheinander, wie sie vom Wagen geworfen wurden. Vielleicht ein Drittel habe ich geschafft, auf einen Haufen zu stapeln, die übrigen sind so geblieben. Auch diese Arbeit müßte ich noch zu Ende bringen, ehe Schnee fällt. Zwischen dem Holzstoß und der Mauer liegt der Hund im Morast. Ein dunkelbrauner Jagdhund, das Fell schäbig, vom Regen bis auf die Haut durchnäßt, der Leib von blutigen Geschwüren und tiefen Wunden entstellt. Den Kopf auf die Vorderpfoten gelegt, blickt er mit seinen wunderschönen, glanzlosen braunen Augen zu mir auf. Als reichte es gerade noch dazu, mich zu bitten, daß ich ihn nicht verjage. Mit Schwanzschlägen bekräftigt er die Bitte noch.

Ich werde ihn nicht verjagen. Ich sollte ihn wenigstens in die Scheune ziehen, dort hätte er es trockener, aber das werde ich nicht tun, ich lasse ihn, soll er krepieren. Denn es ist doch merkwürdig, daß ich mich um sämtliche sterbenden Hunde des Dorfes kümmern soll. Gestern lag ein sterbender Hund an ebendieser Stelle, und wie ich mich erinnere, auch vorgestern und vorvorgestern. Warum muß ich das machen? Was geht hier vor? Soll ich jedermanns Hund begraben? Wenn er bis zum Morgen verendet ist, darf ich auch diesen auf meinem morastigen Hof begraben, wo schon gar kein Platz mehr ist zum ordentlichen Begraben. Und wenn ich ihn begraben habe, wird der nächste hier liegen.

Da liegt das Meer, soweit das Auge reicht. Hier dagegen verstellt eine brüchige Lößwand den Blick bis in den Himmel. Etwas gegenüber dem Nichts. Ich steige aus dem Bus und muß mir wieder ansehen, daß etwas dem Nichts gegenübergesteht. Das zornig stürmende, stahlblaue Meer, der blechgraue Himmel, die gelbgraue Erde, sonst nichts, nichts, nichts. Der Bus stiebt im Küstensand davon, und die Menschen verlieren sich allmählich. Das alles ist mir so schmerzlich vertraut, als sei ich nach langer Abwesenheit heimgekehrt und trotzdem im Ausland, in der Fremde, wo nichts mir vertraut ist. Denn erst jetzt bemerke ich, daß es direkt am Ufer entlang, nördlich, einen Paß in der Lößwand gibt. Dort verschwinden die letzten menschlichen Gestalten auf dem ausgetretenen Weg. Nirgends ein Grashalm, nirgends ein Busch, irgendetwas hat hier alles vernichtet. Nur das Wasser, den Wind, den Sand, das Grau hat es nicht vernichten können.

Der ausgetretene Weg deutet darauf hin, daß jenseits des Passes, im Binnenland, doch noch ein Dorf erhalten geblieben ist. Ich mache mich auf, der Weg führt steil aufwärts und erreicht eine Hochebene. Unfruchtbares Land unter grauem Himmel, ich versinke bis zu den Knöcheln in verbranntem Sand, und sobald ich den Fuß herausziehe, rieselt er augenblicklich zurück. Von mir bleibt keine Spur, wenigstens bleibt von gar nichts eine Spur. Das Geräusch eines näherkommenden Busses ist zu hören, ich drehe mich um. Eine schäbige, altmodische Blechkiste, der Kühler qualmt von der enormen Anstrengung. Ich winke, aber er hält nicht an, sondern wühlt sich mit aufheulendem Motor auf dem Weg weiter. Das wundert mich nicht, denn hielte er meinetwegen an, würde er wahrscheinlich nicht wieder anfahren können. In ihm sind viele Menschen zusammengedrängt, und man kann nicht wegen eines einzelnen Menschen das Schicksal so vieler gefährden. Die Fenster sind beschlagen, die mir teilnahmsvoll zugewandten Gesichter kaum zu erkennen. Sie blicken mich an wie einen Todgeweihten, und daraus entnehme ich, daß ich keine Chance habe, zu Fuß irgendwohin zu gelangen. Es dauert lange, bis sich der Staub legt. Ich warte es ab, denn ich will ihn nicht einatmen. Er wirbelt so dicht in der Luft, daß ich ihn mit den Händen auffangen kann, ich betrachte ihn näher und komme zu dem Schluß, daß darin tatsächlich nichts gedeihen kann, aus ihm ist alles ausgebrannt, ich halte erloschene Quarzkörnchen in meinen Händen. Ich muß weitergehen, es gibt keinen anderen Weg. Auch dort, woher ich komme, ist alles ausgebrannt, und ebenso arm muß auch die Gegend sein, wohin ich kommen werde.

Nach einer Weile klettert der Weg noch steiler und unberechenbarer nach oben. Es muß seit Jahren nicht geregnet haben, der Boden ist hart wie Knochen oder besser, wie glattgescheuerter Stein. Ich komme mir vor, als würde ich in einem Schraubgewinde zu einer unerreichbaren Festung hinauf gezogen. Ich komme von einer Windung in die andere, immer höher, und aus einer dieser Windungen hinaustretend, erblicke ich auch schon die Häuser. Nur wenige Schritte auseinander stehend, mit glatten, leeren, abweisenden Fassaden. Die Höfe hinter hohen, dicken, schwarzgebrannten Bretterwänden. Doch vor den Frontseiten läuft seltsamerweise ein einziger durchgehender, breiter Laubengang bis in die Ferne. Noch nie habe ich so ein Dorf gesehen. Ein sinniger Bau, wenn es regnet, muß niemand naß werden. Nirgends ein Mensch, alle Türen sorgsam verschlossen, die Fenster blind.

Dennoch ist es nicht, als wohnte hier niemand, denn die Klinken sind fettig von ganz frischen Berührungen, und genauso die unteren Ecken der Türen, wo das Fell der auf Einlaß wartenden Hunde und Katzen Fettspuren hinterlassen hat. Auch der Wind muß hier gewaltige Kraft haben, denke ich, daher leben die Menschen so eingeschlossen. Hier wird mich niemand aufnehmen, hier werde ich kein Dach überm Kopf haben, hier werden sie die Türen keinen Spalt öffnen, hier gibt es weder ein Stück Brot noch ein bißchen Wärme.

Meine Schritte machen keinen Laut. Ich wage es nicht, den überdachten Laubengang zu betreten, weil der Schritt dort sicher hallt, es würde klacken und dröhnen. Gemaunze wird hörbar, und überrascht erblicke ich meine Katze. Sie streicht mir um die Beine, dann führt sie einem Betteltanz um meine Knöchel auf. Wahrscheinlich hat sie Hunger, vielleicht Durst. Der Boden hier ist verbrannt, das Feuer hat das Wasser aus den Brunnen verdampfen lassen, und die Häuser sind nur erhalten geblieben, weil sie auf Granitfels stehen. Hier hungern und dursten die Menschen. Ich bleibe stehen, wozu sollte ich hier noch weitergehen? Ich muß umkehren, hier kann ich nicht bleiben. Ich muß an die Küste zurück, dort habe ich vielleicht noch eine Chance, auf Leben zu stoßen. Aber nein, ich habe mich getäuscht, auch hier gibt es Leben. Denn ich sehe, daß man vor einem der Tore einen Topf mit heißen Kartoffeln zum Abkühlen abgestellt hat, und der heiße Topf wird mittlerweile von einer Horde von Hunden und Katzen gestürmt. Auch meine Katze ist in diesem Knäuel sich balgender und winselnder Tiere. Sie schnappt sich eine Kartoffel, verschlingt sie mit Riesenbissen und rast mit verbrannter Schnauze, vor Schmerz wahnsinnig, wimmernd im

Kreis herum, obendrein verfolgt von einer Meute wütender Hunde, die ihr wegschnappen will, was sie längst heruntergeschluckt hat. Ich greife sie mir, drücke sie an mich und mache mich im Laufschritt mit ihr davon, doch die Hunde verfolgen mich, springen mich geifernd und kläffend an, wollen die Katze herunterreißen, beißen mich in den Arm. Ich versuche, ihre verbrannte Schnauze mit meinem Atem zu kühlen. Die Hunde bleiben langsam zurück, endlich entkommen wir diesem elenden Dorf.

Wir gehen. Ich setze die Katze nicht ab, ich will sie nicht verlieren. Sie liegt erschöpft in meinem Arm, die Schmerzen lassen nach. Inzwischen könnte ich sie bereits herunterlassen, sie würde mir aller Wahrscheinlichkeit, mal vorauslaufend, mal zurückbleibend, folgen, mich führen, begleiten, ganz so, wie sie es aus unserem alten Leben gewohnt ist, doch ich setze sie trotzdem nicht ab, ich will kein Risiko eingehen. Der erschlaffte Körper ist schwer. Ich werde es aushalten. Wenn wir nur aus dieser verfluchten Gegend herauskommen. Was natürlich eine vergebliche Hoffnung ist, denn ich weiß ja, daß nicht mehr geschehen kann, als daß wir von der einen verfluchten Gegend in die andere kommen und dort auch kein Zuhause mehr finden werden. Die Katze will ihr Asyl auf meinen Armen auch gar nicht verlassen. Sie hat es sich bequem gemacht, ihr ausgehungerter Magen kämpft mit der heißen Kartoffel. Dies ist ihr Zuhause, es wird kein anderes Zuhause mehr geben, wir gehen. Ich will ihr Vertrauen nicht verlieren, ich trage sie. Es gibt kein anderes Zuhause, wir gehen und gehen. Es dunkelt, wir gehen. Wir werden durch die Nacht gehen, und vielleicht werde ich einmal am Horizont die schimmernden Wellenkämme sehen. Ich blicke zum Himmel. Es gibt kein Mondlicht, und wenn es nicht leuchtet, kann ich sie auch nicht sehen.

Jemand, den ich nicht sehe, fragt mich sehr streng und äußerst erregt, »comment appelle-t-on la croûte de pain en allemand?« Ich weiß es nicht. Oder besser, es fällt mir nicht ein. Genauer gesagt, ich tue eher so, als ob es mir nicht einfiele, mit dieser kleinen Lüge versuche ich meinen eigenen Schrecken zu überwinden, obwohl ich es schlicht nicht weiß, weil ich gar nichts weiß. Und dann höre ich, wie meine eigene Stimme flüstert: »*Brotkante.* Wenn du willst, *kannst du in diesem Fall auch Brotrinde sagen.*«* Also gibt es doch noch Hoffnung, denke ich. Und schon antwortet die vorherige Stimme: »C'est vrai.« Dann ist alles in Ordnung, sage ich. »Il y a de l'espoir.« Von diesem Satz werde ich wach. Doch ich weiß nicht, was in Ordnung sein soll und welche Hoffnung es gibt. Ich müßte aufstehen und kann nicht aufstehen. Demnach bin ich doch nicht ganz wach. Ich bemühe mich mit aller Kraft, und tatsächlich stürze ich aus dem verdunkelten Schlafzimmer, in der auffliegenden Tür blendet mich Licht. Wie Blut. Die aufgehende Sonne hat sich über die verschneite Welt ergossen. Das Licht schmerzt. Ich wache auf.

(1991)

* Kursivtext im Original deutsch

Großes weihnachtliches Morden

In zwei aufeinander folgenden Nächten habe ich zweimal bis zum Ende zugeschaut, wie der ehemalige rumänische Staatspräsident und seine Frau zum Tode verurteilt und hingerichtet wurden. Es waren zwei verschiedene Dokumentarfilme, aber zur Darstellung des rituellen Geschehens wurde natürlich das gleiche Filmmaterial verwendet, daher unterschieden sich beide in ihrer Wirkung kaum.

Diese Filme haben wieder moralische und ästhetische Grundfragen in mir aufkommen lassen, für die ich in den vergangenen zehn Jahren keine Antwort hatte. Mit kühlem Kopf beobachtete ich, wie ich die Ermordung eines Despoten genoß. Sah, daß ich mich wegen dieses Genusses im Grunde schämen müßte und mich trotzdem nicht schämte. In mir ist kein Erbarmen, und ich empfand auch kein Mitleid für dieses Ehepaar.

Ich bin ein Anhänger von rechtmäßigen Urteilen. Trotzdem schwieg mein Gewissen gleichgültig. Ich bin kein Anhänger der Todesstrafe. Dennoch hat die Brutalität des Vorgehens meinen Geschmack nicht verletzt. Durch das Bewußtsein, daß es bei dieser himmelschreienden, rechtlosen und dilettantischen Komödie etwas geben müßte, woran ich etwas auszusetzen hätte, woran ich aber nichts auszusetzen hatte, beziehungsweise daß es in mir eine zweite, Recht fordernde Person geben müßte, die sich gegen meine moralische Gleichgültigkeit und ästhetische Anspruchslosigkeit zu verwahren hätte, es aber eine solche Instanz nicht gab: aus diesem Bewußtsein erwuchs eine eigentümliche Leere.

Der niedrige Genuß liegt in gefährlicher Nähe zum edlen Vergnügen. Vielleicht ist das so, weil wir für die zwei unterschiedlichen Arten der Lust keine gesonderten Nervenstränge haben. Auch Lust und Schmerz können sich gegenseitig berühren. Nicht nur beim Menschen, auch beim Tier. Jede Lust beschleunigt das Atmen und bringt es zugleich zum Stocken, sie erweckt die Empfindung, als sei der Blutkreislauf für Bruchteile von Sekunden unterbrochen. Diese Stockung vernebelt das Bewußtsein mit dem Gefühl wollüstigen Erstickens. Da zeigt die Physiologie der Säuger eine Gemeinsamkeit. Der Verlauf bei heftigen politischen Aufregungen oder religiösen Verzückungen unterscheidet sich kaum von der steigenden Kurve beim Liebesakt. Moralische Urteile sind dabei ausgesetzt, die Selbstreflexion gibt ausgedehnte Pausenzeichen. Nicht nur in den Extremitäten, sondern auch in den Lenden und im Bauch, in den Gedärmen und in den Muskeln, die die Öffnung des Enddarmes strahlenförmig und grätenartig umschließen, kommt Spannung auf. Auch, wenn jemand einen Despoten ermordet, und auch, wenn man zuschaut, wie andere einen Despoten ermorden. Konträre, krampfartige Muskelkontraktionen und Muskelspannungen. Deshalb sind politische oder religiöse Verzückungen von Massen ein so überwältigender Anblick. Deshalb ist die Hysterie der Masse so schreckenerregend. Letztlich ist es eine Entscheidungsfrage, was man öffentlich und was man heimlich tut. Verängstigte Hunde werden starr, in ihrer Freude lassen sie winselnd

Wasser, vor Wut sträubt sich ihnen das Fell. Der Kriminologie ist dieses Phänomen bekannt. Diebe, Räuber und Mörder urinieren häufig in der lustvollen Aufregung vor der Tat, und ejakulieren, während sie die Tat begehen.

Unter alltäglichen Umständen wird man die zur niedrigen Lust gehörenden Affekte und Emotionen streng überwachen. Das hat gute Gründe. Wenn jemand die empfindlichen, verletzlichen Grenzen zwischen Haß und Liebe, zwischen Höherem und Niederem nicht wahrt, wenn er das geschlossene System der Physiologie nicht ausschließlich der edleren Lust vorbehält, wird er sofort vom Chaos der Verdächtigungen, der Rache, des unbesiegbaren Verlangens nach Genugtuung, der Gier, des Neides, der Selbstsucht, der Eitelkeit und der Raffgier verschlungen. Und manchmal nicht nur er allein. Manchmal reicht eine einzige zur Hysterie neigende Person, um die anderen mit sich zu reißen. Jugoslawien ist bereits auf diese Weise verschlungen worden. Die Ukraine, Rußland, Ungarn, Rumänien, die Slowakei und Kroatien sind nur durch eine hauchdünne Schicht davor geschützt.

Der Schlaf der Vernunft gebiert Ungeheuer, die unkontrollierten Phantasien des Hasses aber Vampire. Von der Gefahr, die man für sich selbst bedeutet, können einen nur die letzten, wach und nüchtern gehaltenen Bereiche der Vernunft zurückhalten.

Als hätte man befürchten müssen, daß sie aus dem kahlen Raum fliehen, hatte man das verängstigte Ehepaar zwischen zwei Tische mit stählernen Beinen und die Wand gezwängt. Es war wohl kalt, oder die uniformierten Mitglieder des Standgerichtes hatten den Despoten nicht erlaubt, die Mäntel abzulegen. Sie hatten es eilig. Sie mußten die Angelegenheit so schnell wie möglich hinter sich bringen. Eine gesetzliche Vollmacht besaßen sie nicht. Und auch wenn sie eine gehabt hätten, sie wollten die beiden so abschlachten, wie sie es mit ihren heißgeliebten und gern gekraulten Säuen am frühen Wintermorgen tun. Bei dieser Eile spielten auch politische Erwägungen eine Rolle. So lange die Despoten am Leben waren, war jeder Restaurationsversuch legitim, und das wiederum hätte das Ende der Mörder bedeutet. Wer tötet wen zuerst, das war hier die Frage. Elena Ceaușescu trug einen pelzgefütterten hellen Mantel. Sie hatte ihn eng um sich gezogen, so schützte sie sich. Sie fror, aber wahrscheinlich eher aus Angst. Obwohl man nicht behaupten kann, daß sie nicht bis zuletzt beherrscht geblieben wäre. Sie wußte, was ihr bevorstand, und das sagte sie auch.

Nicolae Ceaușescus Selbstbeherrschung funktionierte weniger gut. Obwohl er das bevorstehende Ende erst später erkannt hat. Ich bin mir sicher, daß ihn vor der Einsicht nicht nur seine grundsätzliche Beschränktheit bewahrte. Der damals Einundsiebzigjährige war vierundvierzig Jahre lang Mitglied des Zentralkomitees gewesen. Zu lang, als daß man auch nur ein einziges kleines Fleckchen im Hirn nüchtern erhalten könnte. János Kádár hatte niemanden umbringen wollen, doch in der Stunde der Wahrheit konnte er den Verstand vor dem Wahnsinn schützen, indem er sich in den dunklen Abgrund des Altersschwachsinns warf. Ceaușescu blickte nur seine Frau an, rollte seine schlauen kleinen Augen und grinste gequält vor Nervosität, man sah seiner Miene an, daß er nicht begriff, was da geschah und wie er Herr dieses Geschehens werden könnte.

Er trug einen schweren, dunkelgrauen Wintermantel. Wahrscheinlich gab es in einer Geheimklausel des Warschauer Paktes eine Vorschrift, die das Tragen dieser traurigen, unförmigen Wintermäntel betraf. János Kádár wurde der größte Mantel zugewiesen, auch Frau Kádár bekam einen ziemlich großen. Schiwkow einen zu kleinen. Huschak einen völlig verschnittenen. Man trug dazu große dunkle Hüte. An dem unglückseligen Tag hatte sich das rumänische Staatsoberhaupt eine Pelzmütze auf den Kopf gesetzt. Und um dem Beispiel seiner beherrschteren Frau zu folgen, stützte er sich mit dem Arm auf dem Tisch auf und klammerte sich an seine Pelzmütze, knautschte und drückte sie. Er schaute auf die Uhr, ob nicht bald jemand zur Rettung käme. Er schaute die Uhr so an, als würde er im stillen zu sich sagen, nun ja, ich verstehe nichts, doch bald beginnt sowieso die richtige Parteikonferenz.

Der Kameramann holte mal die beiden Ceauşescus ins Bild, mal die Mitglieder des Standgerichts. Er fand für sich selbst keinen Punkt in dem Raum, von dem aus er alle Teilnehmer hätte gleichzeitig sehen können. Aber Nahaufnahmen konnte er auch von niemandem machen. Zudem wackelte, zuckte, zitterte die Kamera in seinen Händen und drehte sich unentschlossen. Nicht nur, weil er von seiner Arbeit nichts verstand, sondern weil er seinen Schrecken und seine Rachegelüste nicht im Zaum halten konnte. Er konnte seine persönlichen Gefühle nicht mit seiner Aufgabe in Einklang bringen.

Es ist der vollkommene und perfekte Dilettantismus, der diesem Film ästhetische Vollendung verleiht. Man kann ihn schneiden, wie man will, es verändert ihn nicht. Jeder Gegenstand, das gesamte Licht, alle Personen, Stimmen und Mittel sind in diesem Film niedrig, häßlich und dilettantisch. Die Fenster sind verdunkelt, eine Tür ist nicht zu sehen. Aus Diktaturen gibt es kein Entrinnen, so daß wir selbst heute nicht genau wissen, wo wir stehen. Auch der Kameramann kann da nicht heraus, dazu müßte ihm noch irgendetwas außer dem Mord in den Sinn kommen. Die Freiheit wird niemandem geschenkt. Der Kameramann identifiziert sich mit den heftigen Gefühlsausbrüchen des zitternden Standgerichts, und unsererseits folgen wir dem unberechenbaren Schweifen seiner Kamera. Was zu kathartischer Erkenntnis führen könnte, wenn wir den Durchbruch der Gerechtigkeit gemeinsam mit dem Standgericht erleben könnten. Doch das geschieht nicht. Die beiden Despoten werden im Zeichen kleinlicher Rachegelüste zum Tode verurteilt.

Etwas anderes kann nicht geschehen, denn die Richter und die Despoten gleichen sich bis in die Sprache hinein. Sie sind gleichermaßen dumm, gleichermaßen häßlich, ungebildet, grob und gewöhnlich. Was aber vom Standpunkt der Wahrheit das Wichtigste ist: In ihrem Benehmen und ihren Worten fehlt das, was einem Menschen Würde verleiht. Und eine Wahrheit ohne Würde hat noch niemand gesehen.

Inzwischen ist ein Jahrzehnt vergangen. Während ich den würdelosen Kamerabewegungen folge, zwischen Menschen umherschweifend, die ihre Würde verloren haben und nichts verstehen, habe ich selbst nicht bemerkt, daß meine Erregung, meine Genugtuung und die Lust nicht meinem Wunsch nach Wahrheit, sondern dem nach Rache gefolgt sind. Die Sache ist allerdings noch peinlicher. Despoten gehen immer ohne Würde in den Tod, aber diese beiden können zumindest ihre Ängste bezähmen. Die Mitglieder des Gerichts jedoch fürchten nicht nur, daß nicht die Zeit bliebe, die beiden umzubringen, und andere sie dann selbst niedermetzeln; noch schlimmer ist ihre Furcht davor, zwei derartige Riesen umbringen zu müssen. Sie können sich nicht von der Vorstellung ihrer Zwergenhaftigkeit befreien. Mit freiem Blick haben wir uns so noch nie in der Weltgeschichte so gesehen.

Als vor der Hinrichtung den beiden Despoten mit einer harten und scharfkantigen Wäscheleine die Hände auf dem Rücken zusammengebunden werden, hören wir aus dem Munde von Elena Ceauşescu den einzigen menschlichen Satz in diesem Schauspiel. Sie seien bereit zum Tod, doch sie verwahrten sich gegen eine solche Behandlung. Sie bangen nicht um ihre menschliche Würde, sondern immer noch um das Ansehen. Die Angst der Soldaten ist hingegen so maßlos, daß zu befürchten ist, sie bringen ihr skandalöses Treiben nicht zu Ende. »Wovor habt ihr solche Angst?«, hört man die Frau mitten im Handgemenge schreien. Und damit das schreckliche Selbstbildnis einer Diktatur noch vollkommener wird, spricht in der allerletzten Szene sogar der, der schweigen müßte. Der Kameramann redet hinter der Kamera hervor den Arzt an, wir sind bereits draußen auf dem Hof. Die Hand des Arztes zittert so sehr, daß er mit dem Stethoskop die Halsschlagader nicht finden kann. Zumindest aber müßte er unter das Augenlid schauen. Auch das geht nicht, seine Finger und sein ganzer Körper zittern.

»Heb den Kopf hoch, wir wollen sehen, daß er tot ist!«

Der Arzt zögert einen Augenblick. Er ist sich nicht sicher, ob er die Bitte des Kameramanns erfüllen kann. Wenn er das tut, wenn er seine Rolle als Arzt verläßt, dann zerschneidet er ein viele tausend Jahre altes Vermächtnis, das seine Person und seinen Beruf noch mit einem letzten dünnen Faden an Hippokrates bindet. Wenn er das tut, dann wird er das entsetzliche Urteil aller Diktaturen vollziehen: daß nichts heilig ist. Und er tut es. Er hebt den toten Kopf Nicolae Ceaușescus hoch und zeigt ihn uns. Er zieht das Unterlid herunter, damit wir in das tote Auge des Diktators blicken können.

Mit dieser verheerenden Sinneswahrnehmung tragen wir die Logik der Diktaturen ins nächste Jahrtausend hinüber.

(1998)

Von Mensch zu Mensch

In einem Interview wurde Mutter Teresa gefragt, ob ihr die Berühmtheit etwas bedeute; ob es ihr etwas bedeute, befragt, fotografiert und gefilmt zu werden. Etwas verschmitzt legte sie ihren häubchenbedeckten Kopf zur Seite und antwortete, ihre Falten zum verführerischsten Greisinnenlächeln sammelnd, das sei ein Opfer. Eine kurze Stille trat ein. Der Reporter verstand wahrscheinlich nicht so recht, was in aller Welt Mutter Teresa gemeint hatte. Als sei sie auf ein noch unbekanntes Gebiet zwischen Ernsthaftigkeit und Betrübnis geraten, schwanden die Falten des verführerischen Lächelns von ihrem Gesicht. Sie sagte, jedes Bild, das von ihr gemacht werde, rette eine Seele. Heute beispielsweise fertige man hier so viele Bilder von ihr an, daß das Purgatorium leer bliebe.

Der Reporter war noch immer verunsichert. Vielleicht erschrak er vor der Dimension des sich auftuenden Mysteriums und suchte rasch nach einem rationalen Halt. Ein wenig beschämt, in einer so simplen Sache zu einer Erklärung gezwungen zu sein, fügte Mutter Teresa hinzu, mit dieser ganzen Filmerei, und dabei deutete sie auch vage zur Kamera hin, habe sie so viele Menschen vor der Verdammnis gerettet, wie Bilder von ihr aufgenommen worden seien, und daher bliebe das Purgatorium heute leer.

Gerade heraus gesagt, sie rette mit ihrem Opfer nicht

unbedingt die, die ihr Bild sähen und ihre Worte verstünden oder auch nicht verstünden. Vielmehr würde das Gute in der Welt verbreitet und wirken.

Ich weiß nicht, wie es damit auf der großen weiten Welt bestellt ist und wie es bestellt sein wird, aber auf jeden Fall durchschaute ich in diesem Moment die Verderbnis meines heuchlerischen Denkens und falschen Tuns. Die wenigen Sätze Mutter Teresas lösten ein auch rational formulierbares Dilemma, das mich schon seit Jahrzehnten quält und das ich bisher nicht annehmbar zu lösen vermocht habe. Ich entscheide darüber je nach Gelegenheit, obwohl ich mir selbst nicht darüber im klaren bin, ob ich meine öffentlichen Auftritte billigen oder mich ihrer schämen soll. Mag sein, daß ich das auch jetzt noch nicht weiß, doch zumindest empfinde ich den Unredlichkeitscharakter solcher Auftritte.

Was Mutter Teresa in ihrer mystischen Sprache sagt, ist natürlich ein hartes Urteil über all das, was wir mit Bildern und Worten tagtäglich vierundzwanzig Stunden lang vor der Öffentlichkeit tun. Obwohl die Sache tatsächlich ganz simpel ist. Jedes Bild, das einen einzelnen Menschen zu einem einzelnen Menschen hinführt, ist Opfer, Sakrament und Mysterium. Und jedes Bild, das in irgendeiner beliebigen Absicht vorgeführt wird, ist Sakrileg und Götzendienst. Wer etwas vermittelt, was nicht persönlich, sondern göttlich ist, bleibt zwangsläufig bescheiden und einfach und berührt dadurch andere mit seiner Persönlichkeit. Wer indes nicht fähig ist, so zu existieren und zu sprechen, zwängt sich in vorgeschriebene Rollen und stellt der Menge nur bestimmte Eigenschaften zur Schau. Das Vermitteln macht die gesamte Persönlichkeit sichtbar, der Exhibitionismus verhüllt sie.

Andere Kulturen haben das gleiche Problem wahrgenommen, als sie das Menschenabbild von vornherein verboten, während unsere zwischen Götzenkult und Mysterium hin- und hergerissene Kultur es nicht einmal mehr zur Kenntnis nimmt.

Ob Diktatur oder Demokratie, die Öffentlichkeit teilt jedem eine Rolle zu. Es ist eine andere Frage, daß die Rolle nicht das Ganze der Persönlichkeit deckt; es gibt keine Rolle, in die die ganze Individualität hineinpassen würde. Die demokratische Öffentlichkeit hat den Vorteil, daß sich zumindest jeder sein Rollenfach selbst auswählen kann. Meiner Rolle nach bin ich Schriftsteller, der nach allgemeiner Auffassung etwas von Anthropologie, Psychologie, Politik und Philosophie verstehen sollte, natürlich auch irgendetwas von Sprache, obwohl der Unterschied zwischen gesprochener und geschriebener Sprache beispielsweise, der einen der eigentlichen Gegenstände meiner Arbeit bildet, in Wirklichkeit wenige interessiert. Die demokratische Öffentlichkeit erträgt es genausowenig, daß ich darüber spreche, wie die diktatorische. Sprechen wir also lieber von dem, was viele interessiert.

Nach meiner Rolle sollte ich also eigentlich nicht so sehr ein Schriftsteller sein, der ähnlich wie Mutter Teresa immer nur über denjenigen spricht, den er direkt vor der Nase hat, sondern eher ein Schauspieler, der durch sich selbst viele sprechen lassen und ansprechen sollte. Ich sollte ein Schauspieler sein, der die Literatur nur als Rolle auffaßt und mittels seiner mimetischen Begabung bereitwillig die enorme Entfernung nicht nur zwischen gesprochener und geschriebener, sondern auch zwischen literarischer und schauspielerischer Sprache überbrückt. Unter Schreiben wird nach der allgemeinen Auffassung das verstanden, was man in der Schule gelernt hat, und ein guter Schriftsteller ist vorrangig daran zu erkennen, daß er als großer Schauspieler vor die Öffentlichkeit tritt. Wenn ich diese Grundsätze annehme, kann ich mich als Schauspieler zwischen zwei großen Rollenfächern entscheiden. Ich kann den Autisten, den Einsiedler, den Säulenheiligen, den verdammten Poeten spielen, den außer seiner Kunst und seiner Manie weder Gott noch Menschen interessieren, oder ich kann, im Gegensatz dazu, den Propheten spielen, der sich den lieben langen Tag den Kopf über das Schicksal der Nation, wenn nicht der ganzen Menschheit zerbricht, ich kann den passionierten Hansdampf spielen, der von den Ladenöffnungszeiten bis hin zur Flußregulierung über alles eine entschiedene Meinung hat, nur eben nicht vom einzelnen Menschen redet, weil er andere mit solchen Belanglosigkeiten nicht belästigen will.

Ich habe in der Diktatur gelebt, seit einer Weile lebe ich in einer Demokratie, doch noch nie ist es mir passiert, daß man mich darüber befragt hätte, was den Gegenstand meiner Arbeit beziehungsweise den Inhalt meines Lebens bildet: ein einzelner Mensch als imaginiertes Abbild im Umkreis anderer imaginierter Gestalten, die alle nicht gänzlich mit mir identisch und gleichwohl auch nicht mit anderen identifizierbar sind, nur soweit, daß sie alle, in die Form von Einzelsätzen eingeschlossen, im strukturellen Zusammenhang anderer Sätze zusammenleben. Nicht weil sie so dumm, gleichgültig oder ungebildet wären, fragen die Reporter mich nicht danach, sondern weil das Medium, für das sie arbeiten, diese Dimension als solche tabuisiert. Und deshalb habe ich, wenn ich mich darauf einlasse, öffentlich aufzutreten, eher den Eindruck, ein Objekt für den Exhibitionismus anderer Menschen zu sein. Bereitwillig spiele ich einem Regisseur zu, gehe von hier nach dort, tue so, als schriebe ich, ein andermal lese ich, rede sogar irgendwelchen Unsinn, wenn man mich zu sprechen bittet, schließlich dreht man den Film ja angeblich über mich. Und wenn ich die Fragen eines Rundfunkreporters beantworte, der so tut, als sei er in allem, was ich je geschrieben habe, äußerst bewandert, weil er vor unserem Gespräch ein paar Sätze in irgendeinem meiner Bücher überflogen hat, dann muß ich darauf bedacht sein, seine blöden Fragen irgendwie zurechtzurücken, und die Hörer dürfen auch nicht merken, daß er kaum eine meiner Antworten richtig versteht. Bin ich all dessen dagegen überdrüssig, mache keine öffentlichen Auftritte mehr und ziehe mich zurück, dann wechsele ich in eine Rolle über, die mit meinem Wesen nicht vereinbar und daher falsch ist.

Mutter Teresa hat ihr Ordenshaus auf einen einzigen Menschen gegründet, einen Sterbenden, den sie auf der Straße fand und dort nach menschlichem Gewissen nicht liegen lassen konnte. Sie sagt, sie könne sich mit den vielen mit ähnlichen Schicksalen, die sie nicht gesehen hat und nicht kennt, von deren Not sie zwar gehört hat, denen sie aber nicht begegnet ist, nur in ihren Gebeten befassen, und deshalb bete sie eigens, daß die Regierungen deren Sorgen lindern mögen. Das sei Sache der Regierungen. Ihre Sache dagegen seien Unglück, Not und Leiden des einzelnen Menschen, mit dem die Vorsehung sie zusammenführe und der benennbar ist. Mich führt das Schicksal mit imaginierten Menschen zusammen, mit solchen, die außer mir niemand kennenlernen würde, schriebe ich nicht in jeder Beziehung stimmige Sätze über sie. In meinem Haus kann nicht einmal ich selber wohnen. Zeitungen, Rundfunkstationen und Fernsehanstalten gründen ihre Macht und ihre Häuser dagegen auf die anonyme Masse, auf die statistisch erfaßbaren, allen gemeinsamen menschlichen Eigenschaften, ohne die niemand existiert, den einzelnen Menschen jedoch vermögen sie mit ihrer Sprache nicht zu erfassen.

(1996)

Die andere Variante

Auf dem Stück Erde, das Archäologen und Anthropologen als die Wiege der Menschheit bezeichnen, gibt es eine Felsenschlucht von fast unerreichbarer Tiefe. Weder Mondschein noch Sonnenschein haben ihre Wände und ihren Grund je berührt. Dort unten herrscht ewige Nacht. Von da aus gesehen ist der Himmel ein dünner Strich. Früher hat sich sicher niemand dort hinuntergelassen, und jemand, der, seinen Körper zwischen den roten Sandsteinwänden windend und zerschrammend, stürzte und aufschlug, dürfte kaum lebend in der Tiefe der Schlucht angekommen sein. Unsere Ahnen hielten die bodenlose Kluft für den hungrigen Mund der Erde und stillten dort das fordernde Toben des Erdenmagens. Sie führten ihm Jugendliche zu, nicht älter als zwanzig und nicht jünger als sechzehn. Es ist nicht wahrscheinlich, daß sie sie lebend hinuntergestoßen hätten. Wahrscheinlicher ist, daß sie die Körper, auch die stärkeren Knochen nicht scheuend, in Stücke zerhackten, sie dann in größeren Eisenbottichen kochten und mitsamt dem Geschirr hinunterwarfen. Vermutlich nur so viel, wie sie ihm von dem Fleischopfer nach dem Ritus überlassen mußten.

Soviel ist sicher, daß es den Forschern nicht gelungen ist, ganze Skelette zu entdecken und zusammenzusetzen, lediglich Teile, Stümpfe. Einige von ihnen waren am Boden oder den

Seiten der Gefäße angebrannt, auf diese Weise haben sie Jahrtausende überdauert. Dank der außergewöhnlichen klimatischen Verhältnisse sind die Knochen nicht zu Staub zerfallen, sondern bilden eine mehrere Meter dicke Schicht auf dem Grund des Erdenmagens. Dazwischen liegen Eisentöpfe. Was bedeutet, daß sich hinter der bekannten Vorstellung vom unersättlichen Bauch der Erde ein noch kaum verschütteter Gewaltakt verbirgt und eine vielleicht gar nicht zu verschüttende Erfahrung.

Der historische Kannibalismus des Menschen läßt sich freilich auch mit diesem prächtigen Fund nicht beweisen. Allenfalls ist er sehr wahrscheinlich. Beziehungsweise auch nicht ein einziges wissenschaftliches Argument spricht gegen ihn. Und blickt jemand sensibel in sich, kann er die unangenehme Wahrscheinlichkeit nur bestätigen. Es will nicht über die Zunge. Dabei genügt es, sich zu vergegenwärtigen, mit welcher Vorliebe Eltern und Liebende bis zum heutigen Tag ihrem heftigen Drang Ausdruck geben, den anderen aufzufressen. Sie verstehen das nicht im mindesten bildhaft, und der Drang ist keineswegs so harmlos. Ich verschlinge dich. Ich werde dich auffressen. Ich beiß dir das Ohr, ich beiß dir die Nase ab. Du bist zum Fressen süß. Menschenfleisch ist süß, und von der Sprache wissen wir, daß sich die in stehenden Redewendungen gefaßten Aussagen auf nachweisbare Erfahrungen gründen.

Bei der Namhaftmachung der Lust auf Menschenfresserei blicken einander zwei gegensätzliche Beweggründe in die Wolfsaugen. Es gibt ein ziemlich massives, schön tief abgelagertes rituelles Verbot, aber die das Verbot verletzenden, die Lust auf Kannibalismus ausdrückenden Worte sind nicht weniger rituell. Als würde das eine Ritual das andere in Gefangenschaft halten. Das eine muß ständig namhaft machen, muß laut aussprechen, was dem anderen zufolge nimmermehr sein darf. Die an den Lippen oder Gliedern ihrer Lieben herumbeißenden Eltern und Verliebten können bezeugen, was für eine mächtige Hemmung hinter dem Ritus des Aussprechzwangs steht. Ich sage es, doch ich darf nicht beißen. Nicht nur Worte eskortieren die Dramen von Entzückung, Verbot, Hemmung und Trieb, sondern auch starke physische Hinweise. Vorkommen Übelkeit, Widerwillen, Gänsehaut, trockne Kehle, Blutwallung, Starre, Angst und Zittern.

Wären wir dem archaischen Zeitalter der Menschenfresserei nicht entwachsen, wäre es vermutlich einer der wichtigsten Wertmaßstäbe der Humanität, auf welche Art wir den anderen schlachten oder wie wir ihn am dümmsten kochen. Wir sind ihm aber entwachsen. Die jahrtausendelange Veränderung bedeutet jedoch mit Sicherheit zweierlei nicht. Erstens bedeutet sie nicht, daß die hochorganisierten Gesellschaften nicht selber gewaltige menschenvertilgenden Maschinerien wären, und zweitens bedeutet sie nicht, daß es nicht Menschen gäbe, in denen der Kannibalismustrieb fortlebt. Vielmehr ließe sich sagen, je unpersönlicher die hochorganisierten Gesellschaften die Menschenvernichtung erledigen, um so mehr stauen und differenzieren sich die unreflektierten Kannibalismustriebe beim einzelnen, verschanzen sich hinter um so komplizierteren Masken. Der Mensch beißt nun nicht mehr hinein, aber er beißt mit Genuß um sich, und es kommt zwar äußerst selten vor, daß er den anderen tatsächlich verschlingt, aber er kann ihn doch glatt vernichten.

Anstelle der Person wird es vom persönlichen Nationalismus, Rassismus, Sexismus, der Homophobie oder der Xenophobie besorgt. Dieses Sortiment politischer Ismen gehört zwar nicht zum guten Ton der hochorganisierten Gesellschaften, aber mit Sicherheit ziemlich massiv zu ihrer Gemeinsprache. Beide stehen weder einander noch dem Kannibalismus fern. Und um die große, heilige, kollektive Menschenfressermaschinerie, den Krieg, in Gang zu setzen, ist es geradezu unerläßlich, daß sie relativ aufeinander abgestimmt und relativ ungestört funktionieren. In gewisser Weise bereiten sie die rituelle Menschenvernichtung vor. Und schließlich, warum sollte ich dem anderen auch nicht ins Gesicht sagen dürfen, daß er oder sie eine schäbige Nutte, ein lumpiger Jude, ein dreckiger Zigeuner, ein mieser Goi, ein widerlicher Schwuler oder ein grober Bauer ist. Es ist wahrlich ein unschuldiger verbaler Genuß, dergleichen zu denken oder meinetwegen laut auszusprechen. Doch wahrscheinlich verhält es sich damit ähnlich wie mit dem Menschenfressen. Die stehenden Ausdrucksweisen des Hasses und der Verachtung müßten sich erst hinter schwere Verbote zurückziehen, damit sie später zwischen unblutigen Ritualen ihren Platz finden. Fürs erste sind sie noch zu real, zu gefährlich. Aus ihnen wurde und wird bis zum heutigen Tag das Brennmaterial für den Scheiterhaufen gemacht. Als Zeichen unserer edlen Absichten verleihen wir eben daher nicht denjenigen Preise, die ihre Mitmenschen am geschicktesten und einfallsreichsten verunglimpfen, obwohl das naheliegender wäre, sondern denen, die, von verschiedenartigen Überlegungen geleitet, sich nicht nur gegen den Kannibalismus, sondern auch gegen jene andere, nicht weniger tiefe und wonnige Lust der Verachtung und des Hasses stellen.

Wenn es aber so weitergeht und die zur Selbstverleugnung bereiten Ausgezeichneten fortwährend mehr würden, hätten wir eines schönen Tages vielleicht nicht nur den Kannibalismus überwunden, sondern das große Zeitalter der Menschlichkeitsheuchelei. Das wäre die andere Variante.

(1992)

Péter Nádas

SCHÖNE GESCHICHTE DER FOTOGRAFIE

Aus dem Ungarischen von Akos Doma

Das Jüngste Gericht? Oder schändliche Pornografie? Oder beides zugleich?

Eine junge Frau: Kornélia. Ein junger Mann: Károl. Der Versuch, der Welt fotografisch ein Moment der Wirklichkeit zu verleihen: aus einem Fesselballon heraus oder im Augenblick des eigenen Todes. Dazu ein Baron, ein Stubenmädchen, der Oberarzt eines Sanatoriums. Liebessehnsüchte, Hysterien. »Schöne Geschichte der Fotografie« ist ein rätselhaftes, teils absichtsvoll verrätseltes Buch.

Der Tagesspiegel

Die *Schöne Geschichte der Fotografie* läßt sich als gelungene Künstler-, Seelen- oder Filmnovelle lesen; auf allen drei Ebenen erzählt Péter Nádas eine leidenschaftliche Geschichte des Blickes und des daraus folgenden tragischen, momentweise auch spielerischen Falkens.

Frankfurter Rundschau

BERLIN VERLAG

Auswahl aus der Originalausgabe, die 2000 unter dem Titel
Talált cetli
bei Jelenkor Kiadó, Pécs, erschien.

Umschlaggestaltung:
Nina Rothfos und Patrick Gabler, Hamburg
Typografie: Birgit Thiel, Berlin Verlag
Gesetzt aus der Goudy Old Style
durch Offizin Götz Gorissen, Berlin
Druck & Bindung: Ebner & Spiegel, Ulm
Printed in Germany 2004
ISBN 3-8270-0533-7